El Banquero y el Dragón

Martin Lundqvist and Sebastian Llanos

Published by Martin Lundqvist, 2020.

This is a work of fiction. Similarities to real people, places, or events are entirely coincidental.

EL BANQUERO Y EL DRAGÓN

First edition. May 28, 2020.

Copyright © 2020 Martin Lundqvist and Sebastian Llanos.

Written by Martin Lundqvist and Sebastian Llanos.

Capítulo 1: El Dragón de Miel, 2 de marzo de 2021.

'Miel élfica turca'

El presidente Jing Xi del Partido Columnista de China, CPOC, estudió el frasco con anticipación. Era un hombre de gustos extravagantes, y para la muestra un botón, compraba miel que valía su peso en oro. Jing olió la miel, y la sensación lo llevó un poco más cerca del cielo. Cerró los ojos y Jing se imaginó a sí mismo en la cima del mundo, escuchando música serena en un templo tibetano en la cima de una montaña.

La asociación con el Tíbet sorprendió a Jing. No le importaban los monjes y su música. Además, el partido que supervisó había sometido brutalmente al pueblo tibetano algunas décadas antes. ¿Me estoy ablandando a medida que avanza mi edad? Jing pensó por un momento.

Jing hizo caso omiso de la noción. Se acercaba a los 67 años, pero aún era un hombre de poder, y en muchos sentidos estaba en la flor de su vida. El emperador más longevo, el emperador Qianlong que había vivido en el siglo XVIII vivió hasta los 87 años. Jing, quien tenía experiencia tanto en medicina china como en medicina moderna, se esforzó por sobrevivir a ese legendario emperador.

Jing agarró una cuchara, la llenó e ingirió la exquisita miel. Sabía tan increíble como olía, pero cuando el sabor se desvaneció en su boca, Jing se sintió insatisfecho e inquieto. Comer miel que costaba más que el salario anual promedio en China no había resuelto el problema que seguía frustrándolo y lo llenaba de ira.

Jing sintió que la gente debería adorarlo como si hubieran adorado a los antiguos emperadores. En cambio, sus súbditos estaban ocupados calumniándolo a sus espaldas. ¿Cómo las masas se atrevían a tratarlo soezmente a su espalda? Deberían deificarlo por su liderazgo. Durante el reinado de Jing como Presidente del Partido Columnista, China se había elevado a su lugar legítimo como el centro del mundo. Sin embargo, el tema de la columna de este mes fue un insulto a su persona. Los votantes de WeChat decidieron que el tema de este mes debería ser: "Cómo pretendo mejorar mi carácter durante el año del Buey".

Este tema no era más que la disidencia hacia su dirección, y era una columna peligrosa de escribir. No podía admitir tener defectos de carácter, ya que representaba al estado, y el estado era impecable. Pero tampoco podía ser demasiado arrogante, ya que eso contravendría su promesa a la gente. Jing había prometido un cambio al público chino cuando reformó el Partido Comunista Chino, PCCh, en el Partido Columnista de China, CPOC.

El cambio de nombre del partido fue un juego de Jing para el mundo occidental. Esto era para asegurar el comercio internacional que era crucial para sus ambiciones. Nada había cambiado bajo su liderazgo, pero al menos le había dado a la gente la oportunidad de votar. Aunque Jing había restringido el voto popular para incluir el tema de su columna mensual en China Daily. Este cambio cosmético no le había causado ningún dolor hasta este mes.

Jing cerró su computadora portátil. Decidiendo que no escribiría ese artículo; pues el tema estaba debajo de él, era inferior. En cambio, tendría sexo para liberar su frustración. La última concubina de Jing, la ganadora de 23 años del certamen nacional chino, la sorprendente Min Li, había mejorado la vida de Jing en ese aspecto.

Jing convocó a Min Li, y ella le dijo que llegaría en 30 minutos. Habiendo convocado a Min Li, Jing experimentó inquietud y anticipación. Tenía 67 años y estaba bajo mucho estrés. Necesitaba una liberación adecuada, y no quería contratiempos violentos. Encubrir su violencia hacia concubinas anteriores le había robado mucha energía.

Jing sacó una bolsa Ziplock que contenía un polvo. El polvo era una mezcla de Viagra y cuerno de rinoceronte molido, y siempre funcionó en él. Jing creía que la mezcla era de lo mejor de china y la medicina occidental, era algo de primer nivel, así que siguió esta tesis en muchos aspectos de su vida.

30 minutos después, Min Li entró en la residencia de Jing, y ella se arrodilló a sus pies.

Min Li:

- Me convocaste, Maestro celestial. ¿Cómo puedo servirte?

Jing

- No te contraté por tu intelecto. Entonces, cállate y usa tu boca para algo útil.

Min Li dudó. Odiaba la forma en que Jing la trataba, pero no se atrevió a discutir con el líder supremo. De mala gana, se arrodilló y desabrochó sus exquisitos pantalones de seda.

Jing

- Buena mascota, Obedece a tu Maestro.

Habiendo dicho esto, Jing suspiró cuando su joven amante le hizo una felación. Si solo pudiera liberar su ira, pero fue en vano. Jing quería golpear a la perra por hacerlo mal, pero se controló. En cambio, la tomó por detrás y se sintió aliviado cuando se derramó en ella. Ahora, él podría enviarla lejos mientras mantiene su autoestima.

Cuando terminó, Jing le arrojó la ropa de Min y habló:

- Lávate las manos y asegúrate de verte bien para la sesión de fotos de mañana. ¡No quiero más rellenos!

- Despedida.

Min Li, que luchó por contener las lágrimas, se vistió y se apresuró a abandonar la residencia de Jing.

Jing se sentó junto a su computadora. Trató de observar si la avanzada Inteligencia artificial que supervisaba la población china había encontrado nuevos enemigos. Afirmativo. Jing se maldijo a sí mismo. Por supuesto, habría disidentes en un país con 1.400 millones de habitantes. Los antiguos emperadores eran sabios, encerrándose en sus ciudades prohibidas. De esa manera, nunca se habían enfrentado a las opiniones de ciudadanos comunes. Jing sabía que no debía mirar, pero no podía evitarlo. Sabiendo qué enemigos eran e identificarlos, era su droga, y no podía romper la viciosa adicción.

Los ojos de Jing se fijaron en el archivo de Eileen Lu. Su archivo decía que era una abogada y activista de derechos civiles de 28 años. Eileen había conseguido recientemente que uno de sus enemigos, Ming Shebao, fuera absuelto en el tribunal popular de Xuwan. Era increíble que los tribunales de su país hubieran absuelto a uno de sus enemigos, pero era un problema con el que tenía que tratar. Jing miró la foto de Eileen durante mucho tiempo.

La belleza de Eileen cautivó a Jing, y él sabía que necesitaba poseerla. Sin embargo, el poder de Jing no era absoluto. Si bien podía eliminar a los enemigos de la república, no podía secuestrar y violar a la gente a su antojo. El resto de su grupo nunca lo permitiría. Pero él sería dueño de Eileen de una forma u otra, y ella lamentaría haberlo desafiado. Lleno de ira, Jing recogió su caro tarro de miel y lo arrojó contra la pared, salpicando miel por la habitación.

Capítulo 2: Otra victoria para la Libertad, 5 de marzo, 2021.

" y debido al descargo de responsabilidad con respecto al contenido ficticio, Mary Sheng no violó ninguna ley cuando dibujó un oso triste mirando un tarro de miel vacío".

Eileen Lu terminó su declaración y se ajustó las gafas. Llevaba los anteojos como una declaración de moda, y porque sabía que al juez del caso, Feng Woo, le gustaban las mujeres huecas. Eileen miró a Feng y le lanzó una mirada inocente, sabiendo que lo tenía en el bolsillo trasero.

Feng Woo se aclaró la garganta y habló.

- Usted plantea algunos puntos válidos, señorita Lu. Estoy dispuesto a abandonar este caso si la señorita Sheng se disculpa con el presidente Xi por el parecido entre el oso triste y nuestro líder supremo.

"¡Por favor no hagas una escena!" Eileen pensó mientras se inclinaba hacia su cliente y le susurraba al oído de Mary Sheng.

- Por favor, acepte el acuerdo. He hecho todo lo posible para salvarte.

Feng Woo:

- No le susurres a tu cliente. Todo el mundo merece escuchar los consejos que le está dando.

Eileen

- Lamento mi insolencia, magistrado Woo. Simplemente le recomendé a mi cliente que aceptara su amable oferta.

Feng Woo:

- Pero, si ese es el caso, ¿cómo podemos estar seguros de que el cliente muestre remordimiento por su falta de consideración?

Mary Sheng intervino:

- Por favor, magistrado Woo. No quiero nada más que dejar que los chinos sepan cuánto lo siento.

Feng le sonrió a Mary y respondió:

- bien. Qué suerte que tengamos un equipo de camarógrafos filmando los procedimientos

- Lee estas líneas. Grabaremos hasta que lo haga bien. Quiero ver remordimientos sinceros en el video. No quiero ver a una mujer que miente para salvarle la vida. ¿Puedes hacer eso?

Mary asintió y uno de los ayudantes de Feng le entregó una nota. Mary leyó la nota varias veces y comenzó a llorar. Mary:

- Estoy listo para filmar.

aplaudir
Feng aplaudió y se burló:

- excelente. Prepárense, equipo. Produzcamos una nueva obra maestra.

Un equipo AV entró en la sala y prepararon una sesión de video. Unos minutos después, Mary estaba lista para confesar. Mary miró a la cámara con los ojos llorosos y habló:

- Quiero pedir perdón a toda la gente de China a la que ofendí con mi dibujo sin talento. Siendo una verdadera patriota, no puedo dejar de pensar en el presidente Xi e influyó en mi dibujo. El frasco vacío simboliza lo pobre que era China, antes de que nuestro salvador sacara a nuestro pueblo de la pobreza. Estoy realmente agradecida por lo misericordioso que ha sido la corte hacia una anciana como yo.

Feng:

- Corten!

- Qué terrible actuación. Pero no puedo dar marcha atrás en mi palabra. ¡Fuera de aquí, miserable vaca! ¡

Eileen actuó con decisión y sacó a Mary de la habitación para evitar una confrontación. Cuando estaban fuera del juzgado, Mary le gritó a Eileen.

- Destruiste mi legado, Eileen. Debería haberme mantenido firme y haber recibido mi castigo injusto. En cambio, parecías un cobarde llorón, alabando a Jing Xi y esta parodia de una corte.

- Prefiero pasar un tiempo en prisión, pero me detuviste. ¿Por qué?

Eileen

- Te salvé la vida. Si bien la sentencia judicial no te habría matado, habría tenido un accidente el próximo año. Como es habitual para las personas que enojan a Jing Xi.

- Falsificación de una disculpa era la única manera de salvarte.

Mary Sheng se calmó y se cubrió la cara con las manos. Después de un rato ella habló:

- Tienes razón, Eileen. Gracias por salvar mi vida.

Eileen sonrió y respondió:

- Ese es mi trabajo. Como tú abogado, estoy aquí para ayudarte.

Mary:

- Eras la única. De los millones que vieron y les gustó mi dibujo en WeChat, fuiste la única que me protegió cuando las cosas se pusieron difíciles.

Eileen

- Esa es, desafortunadamente, la naturaleza humana y la razón por la que el presidente Xi puede continuar con su tiranía.

- ¿Cuáles son tus planes ahora?

María:

- Iré a casa a Xuwan. Eliminaré mi presencia en línea y pasaré el último año cuidando a mis nietos.

Eileen

- Mucha suerte para ti. Iré a visitarte, Xuwan es hermosa en primavera.

María:

- ¡No te preocupes por esta vieja bruja!

- Céntrate en ti, Eileen. Encuentra un hombre rico y guapo y cría una familia feliz.

Eileen no respondió y Mary entró en un taxi que la llevó a la estación de tren.

Eileen fue a su casa y se sirvió un poco de té de hierbas. Ella se sintió vacía. Si bien había ganado en el sentido de que había salvado a su cliente, había destruido el sentido de orgullo de Mary y se inclinó ante el tirano Jing Xi. Sobre todo, sintió vergüenza. Como todos los demás, detestaba y temía al dictador. Sin embargo, ella no hizo nada e instruyó a sus clientes a someterse a la tiranía. Eileen deseaba y ansiaba con que su tiempo valiente vendría, pero por ahora, sólo podía concentrarse en su vida y encontrar aquel príncipe azul!

Capítulo 3: Casino Royal. 7 de marzo de 2021

Jared Pond se pasaba la mano por el largo cabello rubio mientras tomaba su Espresso Martini. El smoking bastante caro y de marca le estaba quedando bastante apretado y sabía que necesitaba para volver a Australia para ponerse en forma y desintoxicarse pronto. No era suficiente ser agente de la Real Inteligencia Canguro Australiana (RAKI) sin estar en forma.

La falta de aptitud llegó con el territorio. La mayor fortaleza de Jared reside en su capacidad de observación aguda, y habilidades en el póquer. Su asignación aquí en Royal Casino en Mónaco combinó esas fortalezas. Si bien jugar al póquer era una forma de pasar el tiempo, Jared también tenía una misión en Mónaco. Tenía que investigar si el líder de la Asociación Mundial de la Salud (GHA), Theodore Ahmadi, aceptaba sobornos del gobierno chino.

Jared se distrajo del póquer cuando su última aventura, la fatal mujer italiana Celeste Florentino lo golpeó en la espalda.

- Hola Jared, qué bueno verte de nuevo. ¿Está ganando en la mesa hoy?

Jared:

- Creo que acabo de hacerlo.

Jared se volvió hacia los demás, recogió sus fichas y habló:

- Bien jugado, caballeros. Necesito concentrarme en la dama ahora.

Jared se levantó y le sonrió a Celeste:

- ¿Quieres un poco de Dom Perignon para celebrar la ocasión?

Celeste le sonrió seductoramente a Jared y respondió:

- Por supuesto, no hay una mejor manera de entusiasmar a una mujer por la noche.

"Ojalá lo hubiera", pensó Jared para sí mismo, pero en su lugar respondió:

- Ven conmigo, Celeste.

Habiendo dicho esto, Jared puso su mano sobre la espalda de Celeste y la acompañó al bar. "¡Quédese con el cambio!" Dijo Jared mientras pagaba el exquisito champán con un marcador de juego de 500 euros.

Celeste

- Esa es una propina muy generosa, Jared.

Jared:

- No puedo traer dinero a la tumba, y en mi línea de trabajo, uno nunca sabe cuándo se va para allá.

Celeste

- ¿Qué haces exactamente, Jared?

Jared:

- Shh, estamos demasiado temprano en nuestra conexión para arruinar la mística.

Al oír esto, Celeste agarró una de las fresas que se incluyen con el champán, y se mordió seductoramente.

- Estoy de acuerdo. Tú sí sabes cómo comportarte, señor Pond.

Jared reflexionó sobre por qué Celeste se dirigió a él por su apellido, pero pronto encontró un asunto más apremiante. Su objetivo, Theodore Ahmadi, entró en el casino y se sentó junto a una mesa ocupada por un empresario chino.

Jared había visto el mismo procedimiento tener lugar varias veces en la última semana. Todos los días, Theodore se sentó en una mesa y ganó una gran suma de dinero de un hombre chino, que posteriormente abandonó el casino. Como habían pasado cinco días seguidos, no fue una coincidencia.

Jared decidió observar la transacción mientras estaba sentado en la misma mesa, le entregó a Celeste la llave de su habitación y habló.

- Me pondré a trabajar, cariño. Nos vemos en mi habitación, 407, en una hora. Mantén el champán fresco y todo lo demás caliente.

Celeste

- No puedes tratarme así. ¡No soy una prostituta!

Jared pretendió colocar 1.000 euros s en fichas y él respondió:

- Oh, qué torpe de mi parte. Acabo de dejar caer mil euros. Son tuyos si los recoges.

Jared miró a Celeste con desilusión cuando ella se tiró al suelo y recogió los tokens. Ella había fallado en ambas pruebas, y él se dio cuenta de que ella no era la indicada para él. Por fortuna, su cuerpo era delicioso y lo mantendría ocupado esta noche. Esto no habría pasado si ella había salpicado el champán en su cara y se hubiera largado.

Jared se acercó a la mesa de Theodore donde el etíope había ganado 50,000 euros del anónimo empresario chino que se estaba preparando para irse.

Jared se acercó a Theodore y habló:

- ¿Te importa si me uno a ti?

Theodore:

- Yo estaba a punto de salir.

Jared:

- No seas así. Acabas de llegar y la suerte te está favoreciendo esta noche.

Mientras decía esto, Jared miró al hombre chino que se apresuraba a alejarse de la mesa.

Theodore parecía vacilante, pero al fin, se decidió a la estancia:

- ¿Muy bien, señor?

Jared:

- Pond, Jared Pond.

Theodore:

- Ahmadi, Theodore Ahmadi.
- Te reto, señor Pond.

Jared:

- Que gane el mejor.

Jared y Theodore jugaron durante un tiempo hasta que Jared comenzó a extrañar el cálido cuerpo de Celeste y decidió atraer a su adversario etíope a una trampa.

Theodore se puso nervioso al darse cuenta de que había perdido 100.000 euros.

Theodore:

- Joder! Bien jugado señor Pond. ¡No debería haber excedido mi suerte!

Jared sonrió a Theodore y respondió:

- Estoy seguro de que el dinero caerá del cielo para ti otra vez. Si no, todavía tienes los 200,000 que ganó de los otros caballeros chinos. Te digo adiós.

Jared se levantó, recogió sus fichas y se inclinó teatralmente mientras caminaba hacia el cajero para depositar sus ganancias. Después de eso, caminó hasta la habitación 407, para una noche de pasión con Celeste. Había fallado en sus pruebas hasta ahora, y era poco probable que ganara su corazón. Pero con un cuerpo como el de ella, ¡ella había ganado su cuerpo por la noche!

Capítulo 4: Pierre Beaumont está planeando su ascensión. 10 de marzo de 2021

El subdirector del Banco Mundial, Pierre Beaumont, estaba disfrutando de una suntuosa cena en el restaurante 'Le Comer Paradise' en La Haya. El Foro Económico Mundial surgiría en unos días, y Pierre tenía un asunto urgente a la mano. El mundo se había enfriado, ya que el sol había entrado en un Mínimo Solar Global que había reducido la temperatura promedio en 0.2 grados.

Esto le causó dolor de cabeza a Pierre, ya que había planeado convertirse en el CEO del Banco Mundial a través de su postura activa contra el cambio climático. Este problema sería menos importante si las temperaturas globales estuvieran cayendo. Sin embargo, Pierre tenía una solución a su situación. Pierre había convencido de al tonto, Martín Huerta, para asesinar a su rival del Banco Mundial, Chakri Apinya. Pierre planeó culpar del asesinato al líder budista Arhat Somchai. ¡Debido a que el mundo necesitaba distracciones para que nadie preguntara sobre el calentamiento global!

Pierre se acarició la cabeza calva y estudió al agente de la CIA James Winter que se le acercó. James era alto y musculoso, con una combinación perfecta de cabello castaño claro y ojos vivos. Comparado con Pierre, parecía un dios griego. Pierre sacudió su complejo, pues él era rico y tenía un intelecto inigualable. Particularmente desde el incidente en Nepal, el año anterior.

En Nepal, Pierre, James y un grupo de viajeros se perdieron durante una tormenta de nieve y encontraron un antiguo templo alienígena. En el templo, habían encontrado tecnología alienígena que elevaba sus intelectos y les daba habilidades impresionantes. El monóculo que Pierre usaba a menudo contenía esta tecnología alienígena.

James se sentó y Pierre susurró.

- No debemos usar el monóculo al mismo tiempo. Parece ser visible.

James se encogió de hombros y respondió:

- ¿A quién le importa? La gente está demasiado ocupada mirando sus teléfonos, siguiendo la vana cultura de las celebridades, para darse cuenta de ello.

Pierre se sintió irritado por la respuesta de James, pero no dijo nada. Consideró quitarse el monóculo pero decidió no hacerlo. Pierre era el subdirector del Banco Mundial, y pronto sería director, y no podía ceder ante un humilde agente de la CIA. Pierre cambió de tema entonces.

- Nuestra subsidiaria, Xeng Fao Technologies, ganó la licitación para mantener la nueva Inteligencia Artificial 'Eternal Safeguard' en China.

James:

- Perfecto. Jing Xi está obsesionado con usar esa IA para controlar a su población. Si controlamos la IA de China, controlamos el mundo.

Pierre:

- Exactamente Necesitamos una nueva crisis, por cierto.

James:

- ¿Qué tiene de malo el cambio climático?

Pierre:

- El sol ha entrado en un Gran Mínimo Solar, y la Tierra se está enfriando.

James:

- Eso no durará para siempre. Estoy seguro de que en algún momento se pondrá más caliente.

Pierre:

- Prefiero no esperar a que eso suceda.

James:

- Entonces, ¿qué sugieres? ¿Que empecemos otra guerra en el Medio Oriente?

Pierre:

- Las guerras son un negocio arriesgado. No quiero destruir el mundo que trato de dominar.

De todos modos, el Banco Mundial no puede ganar una guerra regular. Nuestra mejor esperanza es la guerra económica.

James:

- ¿Cómo piensa conducir la guerra económica?

Pierre:

- No estoy seguro, todavía. Pero las oportunidades surgirán, como siempre lo hacen, cuando las estoy buscando.

Un camarero asistió a la mesa, y James ordenó una Budweiser con su fuerte acento americano. Cuando el camarero se fue, James se volvió hacia Pierre y habló:

- Entonces, Pierre. ¿Cuéntame sobre tu plan para deshacerte de Chakri Apinya?

Pierre sonrió. No esperaba necesitar la ayuda de la CIA en este asunto, pero siempre fue bueno tener un plan de respaldo. Durante los siguientes 20 minutos, Pierre insinuó a James sobre su plan, sin revelar los detalles exactos. Si bien la CIA fue un aliado útil, ¡Pierre no fue tan tonto como para confiar en ellos!

Capítulo 5: El descubrimiento del virus Hei Bai, 27 de marzo de 2021

El presidente Jing Xi, estaba terminando su columna mensual para el China Daily. Envió el documento por correo electrónico al editor, y golpeó su computadora contra el piso con frustración. Odiaba escribir la columna sobre cómo pretendía mejorar sus rasgos de carácter en 2021, pero era parte del contrato social. Una de sus obligaciones como presidente del Partido columnista de China era escribir un artículo que la gente solicitaba, una vez al mes. Una de las Promesas de Jing de auto- mejora fue detener la importación de miel cara y en lugar de ello, garantizar que China produjera la mejor miel en el mundo.

Para producir la mejor miel del mundo, Jing había viajado a Elephant Hill en la región china de Guilin. Las cuevas, la vegetación y el clima de este lugar deberían crear la combinación perfecta de miel. Jing cerró los ojos y se imaginó cómo sabría su mezcla perfecta.

La secretaria de Jing, Biyu Sang, lo interrumpió en sus pensamientos.

- Presidente Xi. Theodore Ahmadi de la Asociación Mundial de la Salud se reunirá con usted en breve.

Jing

- ¿Por qué viene ese perro? ¿Por qué no cancelaste la reunión?

Biyu

- No podía cancelarlo pues me dijiste acerca de tu Guilin viaje de ayer, y Theodore ya estaba en su camino a China.

Jing

- Muy bien, perdono tu incompetencia. Pero sigue cometiendo errores y te costará bastante.

Biyu

- Gracias por tener piedad de esta mujer tonta e inútil. Eres el líder más amable que China haya visto.

Biyu se inclinó, se dio la vuelta y salió rápidamente de la oficina de Jing. 'Mujer patética. La embarró, la perdoné y, sin embargo, lloró. Jing pensó.

Jing se echó hacia atrás en su silla de masaje y se volvió un poco de música de meditación. Jing recordó que estaba destinado a discutir la ayuda de China para aliviar un brote de ébola en África central. Pero este asunto era de ninguna preocupación para Jing, así que, en vez, Theodore tendría que acompañarlo durante su búsqueda para encontrar la perfecta ubicación para producir miel. La única manera de hacer que su perro faldero le obedeciera, fue al tratarlo como tal. Jing se recostó en su silla y se durmió.

BIYU SANG

- Presidente Xi, Theodore Ahmadi ha llegado.

Jing abrió los ojos, Biyu estaba de pie al otro lado del escritorio. Parecía tensa, como si anticipara que Jing la atacaría. Esto no sucedió, Jing había experimentado grandes sueños, imaginando una degustación de miel mientras su concubina Min Li lo estaba masajeando. No podía estar enojado después de un sueño tan agradable. Así que Jing Xi habló

- Muy bien, déjalo entrar.

Theodore entró en la habitación, y Jing luchó por ocultar su desprecio por el desaliñado hombre africano, con quien tendría que interactuar durante las próximas horas. Jing había preferido nombrar a un ciudadano chino para ser el director de GHA, pero un africano tendría más credibilidad entre los enemigos occidentales de Jing. Theodore habló:

- Saludos Presidente Xi. ¿Puedo esperar la ayuda de China para resolver la epidemia de ébola en África central?

Jing

- ¿Es esta una verdadera epidemia o simplemente estás tratando de extorsionarme con más dinero?

Theodore:

- Es una verdadera epidemia. No te molestaría de lo contrario. Has sido muy generoso conmigo y con mi país.

Jing

- Muy bien. Quiero que caigas al suelo, rogándome por el dinero.

Theodore:

- No puedo hacer eso. Soy el líder de una importante organización global. Somos iguales

Al escuchar las objeciones de Theodore, Jing perdió los estribos. Cogió un florero y lo arrojó al suelo junto a Theodore. Cuando el jarrón se hizo añicos, Jing rugió:

- No eres más que mi perro. Te puse donde estás y puedo ponerte en otro lugar. ¡Nadie sabrá lo que te pasó!

- Ahora arrodíllate y suplica mi perdón.

Siendo un perro faldero patético y corrupto, Theodore se tiró al suelo, besó los zapatos de Jing y suplicó:

- Por favor, perdóname, Maestro celestial Xi. Por favor, ten piedad de las almas pobres en África Central que no pueden desarrollar un sistema inmune fuerte, para hacer frente a sus locales enfermedades.

Jing escupió a continuación a Theodore y respondió:

- Levántate, perro. Has balanceado mi corazón. Hablare con mis ministros y el Imperio chino salven su continente Lo sentimos, por el momento.

Theodore:

- Gracias, maestro Xi. Dios bendiga tu amabilidad y gracia.

Jing

- Me importan poco las deidades y otras supersticiones.
- Pero como estás aquí, me seguirás en una misión importante hoy.

Theodore:

- ¿Qué necesitas que haga, presidente Xi?

Jing

- Vienes conmigo a las cuevas cerca de Elephant Hill. Puedes informarme sobre su epidemia de ébola mientras estamos en el auto.

Jing levantó su teléfono, organizó su auto y salió de su oficina, con Theodore como su perro obediente a cuestas.

JING ESTABA DISFRUTANDO de la vista desde el mirador Cerro Elefante. Se aseguraría de obtener fotos de él y Theodore, que pudieran acompañar la narración oficial. Jing se encogió cuando la ráfaga de fotos parpadeó en su rostro, y tuvo que fingir sonreír y tratar a Theodore como su homónimo. En el pasado, el emperador de China había sido venerado como un dios, pero Jing tuvo que fingir ser igual a su secuaz africano.

"¡No te hagas ninguna idea!" Jing le susurró a Theodore, que miró hacia otro lado. Después de terminar la conferencia de prensa, Jing y su séquito comenzaron a caminar hacia una cueva cercana. La cueva era perfecta. Jing nunca había estado en la cueva donde se producía la miel élfica turca, pero su intuición le dijo que este lugar haría el trabajo. Mientras Jing y Theodore atravesaban la cueva, Jing escuchó una tos resonando. Esto fue seguido por una voz masculina que jadeaba "Ayúdame".

Uno de los guardaespaldas de Jing, Chao Li, se le acercó y le susurró al oído:

- Presidente Xi. Encontramos a un hombre muy enfermo. Este lugar no es seguro. Será mejor que volvamos a la seguridad.

Jing le dio a Chao una mirada severa y respondió.

- Soy el dueño de este país. La verdad no se me puede ocultar. Quiero ver al hombre que está jadeando.

Chao:

- Entendido. Ponte esta mascarilla y sígueme.

Jing se puso la máscara, se volvió hacia Theodore y habló:

- Ven conmigo. Como representante de la marca Global Health Asociation, puedes ayudar con el diagnóstico.

Theodore:

- Pero no tengo mascarilla.

Jing

- Bueno, eso es una pena. ¿No debería el líder de la GHA siempre tener uno en su bolsillo? Ora a tus dioses para que la enfermedad no sea infecciosa.

Jing no esperó la respuesta de Theodore. En cambio, se aventuró hasta llegar a la fuente del silbido.

Jing miró en estado de shock y asombro al hombre enfermo. El hombre tenía una capa de hongo que cubría su cuerpo y daba la impresión de que estaba cubierto de corteza. Los ojos del hombre estaban torcidos de sangre y olía a heces.

El enfermo se puso de pie y trató de acercarse a Jing:

- Presidente Xi. Usted me debe ayudar. El dolor es insoportable.

Jing no tuvo tiempo de responder ya que una multitud de balas terminaron con la vida del hombre afectado por la enfermedad. Jing se dio la vuelta y le dio a Chao una mirada de desaprobación:

- ¿Por qué le disparaste a ese hombre, Chao?

Chao

- Te estaba amenazando, Maestro celestial.

Jing

- Maldito tonto. Podrías haberlo noqueado. Perdimos una excelente oportunidad de examinar a este hombre para nuestro programa de armas biológicas.

- De todos modos. Vamos a salir de aquí. Haz que nuestros científi-cos vengan y examinen al hombre y la cueva. No dejes piedra sin re-mover.

Habiendo dicho esto, Jing salió de la cueva. Cuando su automóvil lo llevó a él y a Theodore de regreso al salón de banquetes, para una cena de estado, Jing habló:

- Espero que te des cuenta de que no pasó nada de esto.

Theodore:

- En lo que a mí respecta, me llevaste a un hermoso mirador y después has compartido tu pasión por la miel conmigo. No pasó nada más.

Jing

- Estamos en la misma página. Sigue en ella, así no tengo que cerrar tu libro.

Dicho esto, Jing se conectó los auriculares para escuchar música meditativa e ignoró a Theodore por el resto del viaje.

Capítulo 6: Jing se entera de su infección por el virus de Hei Bai, 4 °de abril de 2021

Tengo malas noticias y buenas noticias.

El doctor personal de Jing, el ministro de salud chino, Dr. Song Bao, reveló.

Jing estudió a su médico. Como si no fuera lo suficientemente malo como para estar de vuelta en la contaminada ciudad de Beijing, ¿ahora también tuvo que enfrentar algunas malas noticias? Jing habló:

- Dime las buenas noticias primero. ¡Cualquier cosa para aligerar mi vida en esta triste ciudad!

Song:

- Encontramos la causa de la muerte del hombre que murió en la cueva cerca de Elephant Hill. Hemos aislado una muestra del virus. ¡Nunca hemos visto algo así!

Jing

- excelente. ¡Esto será invaluable para nuestra futura investigación de armas biológicas!

- ¿Cuáles son las malas noticias?

Canción:

- La muestra de sangre es que tomamos de usted y de su entorno, muestran que todos ustedes están infectados.

Al escuchar esto, Jing se hundió en su asiento y la desesperación lo abrumó. Había visto la agonía del moribundo en la cueva, y esta no era la forma en que quería irse de este mundo. Pero, ¿y si era inmune? ¿Como la inmensa mayoría había sido durante el brote de coronavirus del año anterior? Jing decidió esperar ese resultado. Si era inmune, no pasaría nada, y si estaba infectado, se habría de morir. En ese caso, no le importaba si traía a muchos otros con él a la otra vida.

Jing

- Doctor Bao. Asegúrate de poner en cuarentena a todos los que estaban en la cueva de Elephant Hill. No le digas a nadie más sobre esto.

Song:

- Entendido, presidente Xi.

Jing

- ¿Alguien ha tenido algún síntoma del virus todavía?

Song:

- No, todos están saludables hasta ahora.

Jing

- bien. Extraigan y preparen una gran cantidad de virus. Necesitamos probarlo en nuestros prisioneros de Uigur, para obtener más información al respecto.

- Estas fuera, doctor Bao.

Cuando Song Bao salió de la habitación, Jing experimentó sentimientos encontrados de anticipación y preocupación. Le preocupaba sucumbir al terrible destino que le sucedió al hombre en la cueva. Pero al mismo tiempo, sintió emoción. Con un poco de suerte, podría armar este nuevo virus y usarlo para destruir las economías occidentales de una vez por todas.

Capítulo 7: Jared Pond recibe una nueva misión, 10 ^{de} abril de 2021

Jared Pond estaba terminando otra agotadora sesión de ejercicios en la base naval HMAS Kuttabul en Sydney. Desde su regreso a Australia, unas semanas antes, se había llevado al límite todos los días. Los resultados comenzaban a mostrarse. Una vez más, Jared parecía un agente de las películas, en lugar de un alcohólico con una adicción al juego. Hablando de juegos de azar, el comandante de la base había prohibido a Jared jugar al póker, ya que sus muchas victorias causaron mucha tensión entre los hombres.

Jared se sorprendió cuando su comandante en RAKI, Greg Steel, se le acercó en el gimnasio.

Greg:

- Hola Jared. Tengo una nueva misión para ti.

Jared

- ¿Por qué me dices así? ¿No sería más apropiada una reunión en su oficina?

Greg:

- Voy a Nueva York mañana por la mañana, y tú vienes conmigo.

Jared

- ¿De qué se trata esto?

Greg:

- Hay rumores sobre la dictadura china que realiza pruebas médicas a algunos de sus prisioneros.

Jared

- Lo siento, pero no sería adecuado para una misión en China. No soy chino y no hablo el idioma.

Greg:

- Lo sé. Por eso vienes conmigo a Nueva York. Rastreamos a la persona que publicó las acusaciones contra el gobierno chino.

Jared

- ¿Era creíble la fuente o era otro conspirador de papel de aluminio?

Greg:

- Esa es tu misión, averiguarlo. La mujer que publicó el artículo fue Eileen Lu. Ella es una abogada china de derechos civiles que actualmente está asistiendo a una conferencia sobre derechos civiles de la ONU en la ciudad de Nueva York.

Jared:

- Ya veo. ¿Y en qué consistiría mi misión?

Greg:

- Hacer lo que haces mejor. Sedúcela y haz que comparta sus secretos contigo. Solo entonces podemos saber si ella es confiable o no.

Jared suspiró:

- Hey Greg. Deja de tratarme como un hombre puto, por favor.

Greg sonrió:

- ¿No es así como te has portado durante la última década?

Jared

- Está bien. Al menos dime si está buena.

Greg:

- Te dejo eso para que lo decidas.

Dicho esto, Greg le entregó a Jared una foto de Eileen. Jared estudió la foto por un rato. Eileen se veía linda y peculiar, pero ¿sería ella el tipo de mujer que se enamoraría de sus encantos? Jared hizo a un lado el pensamiento. Tenía la obligación de usar sus talentos para servir a su país y salvar a sus conciudadanos. Independientemente de lo que planeara la dictadura china, el mundo necesitaba saber y prepararse para lo peor.
Jared

- Muy bien, iré contigo a Nueva York. Con suerte, puedo hacer mi magia en esta mujer Eileen.

Greg:

- excelente. Nos vemos mañana para el vuelo de las 9 a.m. a Nueva York.

Después de decir esto, Greg salió del edificio y Jared se preparó mentalmente para la próxima misión. Miró la foto de Eileen aunque sabía que no debía. Necesitaba mantener la calma y prepararse para la misión que tenía por delante, de lo contrario, las cosas podrían terminar mal. Jared se fue a casa, se duchó, hizo las maletas y se fue a dormir temprano para estar listo para el próximo trabajo.

Capítulo 8: Pond, Jared Pond. 12 º de abril de 2021

Eileen Lu miró la pantalla de su computadora. No hubo nuevos correos electrónicos, lo cual fue un alivio. Muchos correos electrónicos serían una indicación de que había estado expuesta. Sería peligroso si las personas en Internet, así como el CPOC, supieran que ella ha difundido videos filtrados de los campos de concentración de Uigur. El mundo necesitaba saber lo que estaba sucediendo, pero a Eileen le encantaba vivir demasiado para que el partido Columnista de China supiera que los había expuesto. Todos los gobiernos odiaban cuando las personas exponían sus crímenes, pero el CPOC lo odiaba más que la mayoría de los gobiernos del mundo.

Eileen miró la solicitud de asilo que había escrito al gobierno estadounidense. Estaba segura de que aceptarían su solicitud debido a su relativa fama como defensora de los derechos humanos. Pero si buscaba asilo en los Estados Unidos, abandonaría a su gente y se convertiría en portavoz de la propaganda estadounidense. Eileen no quería ayudar a los Estados Unidos de América contra su ¿nación madre, por el contrario, quería liberar al pueblo chino de la tiranía de Jing.

Eileen se decidió. Tiró su solicitud de asilo en la papelera y se preparó para el seminario de hoy. El diálogo abierto y la discusión genuina eran las únicas formas de progresar en la humanidad y Eileen quería desempeñar su papel. Eileen cerró su computadora portátil, la guardó en su bolso y comenzó a caminar hacia el centro de conferencias de la ciudad de Nueva York.

Cuando Eileen salió de su hotel, notó al hombre que la observaba desde el otro lado de la carretera. Él era atlético, tenía el pelo largo y rubio, y parecía diseñado en la fábrica de superhéroes de las películas famosas. A Eileen le hubiera encantado que se acercara a ella en un bar de cócteles, pero tenerlo acosándola a las 8 de la mañana era absolutamente espeluznante. ¿Alguien había enviado a este hombre para lastimarla? Eileen se sacudió de la idea. El hombre no parecía ser un secuaz del Partido Columnista, y además, se destacaba demasiado para ser un asesino adecuado.

Eileen dejó de mirar al hombre y se dispuso a caminar hacia su conferencia. Llegó a un cruce de peatones y la luz roja la estresó. Eileen tenía una presentación por la mañana, y odiaría llegar tarde. Peor aún, no podía librarse de la sensación de que la gente la seguía.

Chapoteo

Alguien golpeó a Eileen por detrás y se echó el café con leche caliente sobre su chaqueta blanca. 'Maldita sea, ¿por qué hoy de todos los días?' Eileen pensó y se dio la vuelta. Lo que vio la petrificó. El hombre rubio, que ella había notado antes, fue el que la golpeó.

Jared

- Lo siento, ¿qué estúpido de mi parte!

Eileen sacudió la cabeza y se burló de Jared:

- ¿Torpe? Vi que me estabas espiando cuando salí del hotel. ¿Es así como los hombres intentan conectarse con las mujeres en la ciudad de Nueva York?

Jared se inclinó y susurró:

- Lo siento, Eileen. Mi nombre es Pond, Jared Pond, y necesito hablar contigo. Es importante.

Eileen no lo quiso y ella respondió:

- De acuerdo, señor Pond Jared Pond. Tengo que dar una presentación importante en una hora. Y arruinaste mi chaqueta. Anímate y reserva una cita como todos los demás.

La luz se puso verde, Eileen abofeteó a Jared y se apresuró a cruzar la calle.

El rechazo de Eileen dejó a Jared atónito. La bofetada de Eileen había dolido, pero el rechazo había ardido más. ¿Había perdido el toque con las mujeres después de todos estos años, o era Eileen un caso especial? Afortunadamente, ella le había dicho que reservara una cita, así que eso era lo que él haría.

JARED POND ESTABA TOMANDO un Espresso Martini en el elegante bar de cócteles, The Aviary NYC. Su esmoquin hecho a medida enfatizaba su gran físico y estilo sofisticado.

"No puede entrar a este establecimiento con esa ropa. Consulte nuestro código de vestimenta, señor". Jared escuchó que el portero le decía esto a una campesina sin cultura. Jared miró en dirección a la entrada y se dio cuenta de que la campesina sin cultura era su cita para esa noche. De alguna manera, Eileen Lu pensó que era adecuado ingresar a un lugar de lujo vestida con jeans, zapatillas y una camiseta con un personaje de dibujos animados.

Jared corrió hacia la entrada e intervino:

- Está bien, Michael. Eileen está conmigo. Por favor déjala entrar.

Michael el portero:

- Lo siento, señor Pond. Necesito mantener el código de vestimenta de este establecimiento.

Jared

- ¿Pero no tienes vestimenta adecuada para la dama en el guardarropa?

Michael asintió y salió corriendo. Un minuto después regresó con un costoso abrigo de piel de mujer.

Miguel:

- Por favor use esto, Sra. Eileen.

Eileen sacudió la cabeza mostrando descontento, pero aceptó ponerse el abrigo de piel, que había estado allí desde los meses de invierno.
Jared

- ¿Puedo traerte un trago, Eileen? Este lugar tiene una gran selección de champanes y cócteles.

Eileen

- Me gustaría un té de menta. No me quedaré, y no bebo cuando necesito trabajar al día siguiente. Gracias por ofrecer Sr. Pond Jared Pond.

Jared

- Es solo Jared Pond.

Eileen

- ¿Por qué no lo dijiste así antes?

Jared

- No importa.

Jared caminó hacia el bar y pidió dos teteras con té de menta. No podía recordar la última vez que bebió té, pero tenía que ser flexible y beber lo que la situación requería.

Cuando el camarero llegó con el té, Jared sirvió té para él y para Eileen. Mientras Eileen sorbía el té, habló:

- Entonces, señor Pond, ¿para quién trabaja y qué quiere?

Jared se dio cuenta de que había perdido el toque con las chicas y decidió dar una respuesta honesta:

- Estoy trabajando para RAKI y estoy investigando si eres una fuente creíble cuando se trata de los campamentos Uigur.

Eileen

- Disculpe por no conocer cada abreviatura en la comunidad de espías. RAKI?

Jared

- Real inteligencia Canguro Australiana.

Eileen

- Para referencia futura, probablemente debería usar el nombre completo en lugar de la abreviatura.

Jared no hizo ningún comentario sobre la declaración de Eileen. Aunque fue un poco doloroso que ella no reconociera la fama de su lugar de trabajo, tuvo que concentrarse en la misión.
Jared

- Entonces, los videos que subiste. ¿Quién es la fuente y sabes qué inyectan los prisioneros el Partido Columnista?

Eileen

- Confío en la fuente, pero no se lo revelaré a ningún espía. No hay ninguna razón de confianza de que el gobierno australiano no venda el secreto a Jing Xi, pues su primer ministro títere está lamiendo las botas de Jing. En cuanto a las inyecciones, no tengo idea. Pero dudo que sea en beneficio de los prisioneros.

Jared reflexionó sobre la declaración de Eileen. Al ver que ella no confiaba en el primer ministro de Australia Scurry Morrisett, también conocido como Scummo, demostró que era del carácter valedero y una mente sana.
Jared

- Muy bien Creo que esto es todo por hoy. Mantengámonos en contacto. Si bien no puedo hablar por nuestro primer ministro, soy un defensor de proteger al pueblo chino contra la tiranía de Jing.

Eileen sacudió la cabeza:

- Prefiero no mantenerme en contacto. No quiero que el Partido Columnista use mis conexiones con un espía australiano para desacreditarme. Gracias por el té, señor Pond.

* Pow *

Jared estaba a punto de responder, cuando un golpe lo derribó de su silla.

Al ver las estrellas, Jared reconoció a su oponente, Marcel Blanco, un traficante de drogas para el Cartel colombiano de Juárez.

Marcel le gritó a Jared:

- Hijo de puta. ¿Por qué te follaste a mi esposa?

Jared reflexionó sobre la declaración de Marcel por un segundo. No sabía quién era la esposa de Marcel, pero presumiblemente, el acto de la cópula era satisfacer sus propias necesidades masculinas.

Jared se puso de pie y respondió:

- Lo siento, pero ¿quién es tu esposa?

Marcel gritó:

- ¡Hijo de puta! ¡Te mataré!

Dicho esto, Marcel lanzó una botella detrás de Jared.

Jared esquivó la botella y luego le dio una patada a Marcel a un lado de la rodilla. Esto dejó a Marcel en una posición agachada. Jared tomó una silla y la colocó a la cabeza de Marcel, dejando inconsciente al colombiano.

Jared le gritó al inconsciente Marcel:

- ¡Todavía no sé quién es tu esposa, Marcel!

Después de esto, ajustó su corbatín y corrió tras Eileen. La alcanzó en el ascensor.

Jared

- Perdón por eso. ¿Cómo vas a pasar el resto de tu noche?

Eileen

- ¡Lo más lejos posible de ti!

Jared

- Acabo de salvarte la vida. Ese hombre nos atacó.

Eileen

- Te atacó. No tuve nada que ver con eso. No eres más que problemas. Buenas noches, señor Pond.

Cuando Jared fue conducido a la custodia policial, reflexionó sobre las palabras de Eileen. ¿Era el mejor agente que Australia tenía para ofrecer, o era un idiota adicto al sexo que terminó en peleas estúpidas? No pudo encontrar la respuesta a esa pregunta filosófica, pero sabía una cosa. Tenía un terrible dolor de cabeza.

Capítulo 9: ¡Qué vergüenza, Jared! 14 ^{de} Abril de 2021

Jared Pond estaba sentado en un vuelo de Qantas de regreso a Australia. Su misión había sido un fracaso. No había logrado seducir a Eileen, y se había sido detenido debido al altercado en el bar de cócteles.

El jefe de Jared, Greg Steel, quien se sentó a su lado en la clase ejecutiva del vuelo, decidió discutir el asunto. Greg:

- Qué debacle, Jared. ¡Todo esto porque no podías guardar tu polla en tus pantalones!

Jared

- Deja de moralizar. Tú fuiste quien me envió a seducir a Eileen en primer lugar.

Greg:

- Eso no funcionó, ¿verdad?

- En cambio, te metiste en una pelea de bar debido a tus últimas indiscreciones con esa mujer Celeste Florentino.

Jared

- Deberías estar agradecido de que no haya resultado gravemente herido.

Greg:

- Bueno, entonces no tendría que llamar a Scurry Morrissett y suplicarle que llame a Deidrick Dump para sacarte de la cárcel.

- Somos un servicio secreto de inteligencia. La parte del secreto falla si tengo que sacarte de la cárcel por tus estúpidas peleas privadas.

Jared

- Me disculpo, Greg.

Greg:

- Muy poco y demasiado tarde. Tendremos que reconsiderar tu posición dentro de RAKI.

Al escuchar esto, vino como una pesada carga sobre el pecho de Jared. Servir a Australia era todo lo que sabía, y no sabía qué haría consigo mismo si perdía el trabajo. No le quedaba familia, no podía mantener una pareja a largo plazo y se inquietaba sin el peligro de su trabajo.

Jared

- Por favor, dame otra oportunidad, Greg. Vivo para este trabajo.

Greg:

- Discutiré tu empleo con Scurry cuando regresemos a Australia. Por ahora, no discutas esta altercado con nadie.

Jared suspiró y permaneció en silencio por un rato. Cerró los ojos y vio la sonrisa linda y peculiar de Eileen Lu. Sabía que ella era genuina y decía la verdad y no podía sacarla de su mente. El rechazo de Eileen hacia él era un testimonio de su integridad, y Jared sabía que la necesitaba.

Jared

- Eileen dice la verdad. Jing Xi está a la altura de un poco más de villanía.

Greg se encogió de hombros s y respondió:

- Oh enserio? Es una pena que hayas completado tu misión para que no tengamos la oportunidad de verificarla.

- Tenemos un vuelo de dieciséis horas por delante. Por favor quédate quieto. Tengo la intención de dormir un poco.

Dicho esto, Greg se puso unos auriculares con cancelación de ruido y una venda para ignorar a Jared.

Jared suspiro. Qué misión tan terrible. Estaba a punto de perder su trabajo, y peor aún, se había obsesionado con una mujer que lo rechazó. Siguiendo el ejemplo de Greg, Jared se puso en los audífonos con cancelación de ruido, comenzó una lista de reproducción con música jazz, y cerró los ojos.

Capítulo 10: Jing se da cuenta del virus Hei Bai. 20 de abril de 2021

Jing Xi estaba experimentando sentimientos encontrados. Al final resultó que ninguno de los 50,000 uigures que sus hombres habían infectado con el virus había desarrollado síntomas. En el lado positivo, esto significaba que era poco probable que su infección lo matara.

Jing estudió su último análisis de sangre. El virus Hei Bai todavía estaba latente en su cuerpo, pero parecía no hacerle nada. Por otro lado, tampoco había desarrollado anticuerpos contra él. Qué virus tan extraño.

Jing dejó a un lado su análisis de sangre y abrió una bolsa de nueces de Brasil. No había comido las nueces de Brasil desde hace años, pero era buena cosa para tener un poco de variedad en su dieta. Jing recogió un puñado de nueces y empezó a masticarlos, cuando su secretaria, Biyu Sang, lo llamó por el intercomunicador.

- Presidente Xi. Vice - Canciller Chi Wang pide que venga con él al gabinete reunión de las finanzas.

Jing se irritó con Biyu. Necesitaba aprender su lugar y no hablarle así. Jing se calmó. Sabía que Biyu estaba atrapada entre una roca y un laberinto sin salida ya que ella no podía rechazar las órdenes del Vicecanciller. Por lo tanto, ¡era Chi Wang lo que necesitaba poner en su lugar! Jing guardó las nueces y respondió.

- Dile que estoy en camino.

Habiendo dicho esto, Jing tomó un florero y lo arrojó contra la pared. En su camino a la reunión, le habló a Biyu:

- Biyu, es mejor que limpies el jarrón que me hiciste romper en mi oficina. ¡No me enojes más hoy!

JING ESCUCHÓ AL CANCILLER Chi Wang, quien describió cómo el brote de coronavirus del año anterior había beneficiado a la dictadura china. Esa crisis había sido un golpe digo de un genio. Poco después de que el virus golpeara a China. Jing y sus camaradas habían descubierto la verdad, porque el virus era extremadamente contagioso, pero no muy mortal. Al ocultar este hecho, Jing y su seguidor declararon que China había conquistado la epidemia. Habían cuadruplicado su riqueza mediante el comercio en los mercados internacionales que colapsó debido a temores infundados.

Pero el brote de Coronavirus había terminado, y el mundo sería escéptico si surgiera un virus similar. Jing necesitaba un nuevo plan para enriquecerse y debilitar a sus enemigos.

Chi Wang:

- Entonces, al vender nuestros bonos del Tesoro de EE. UU. El 23 de marzo de 2020 y comprar acciones al mismo tiempo, duplicamos nuestra riqueza.

De repente, Jing se sintió enfermo. ¿Alguien en el politburó lo había envenenado? Se dio cuenta de que no había tocado ninguna de las comidas o bebidas en la sala de reuniones. Jing tosió violentamente y se levantó.

Chi Wang:

- Presidente Xi. ¿Estás bien? ¿Debo llamar a nuestros médicos?

Jing sacudió la cabeza y salió de la habitación. "Tengo que llegar a mi oficina y contactar al Dr. Song Bao," Pensó. Esto era más fácil decirlo que hacerlo. Jing estaba luchando por caminar erguido y la habitación se volvió borrosa. Además de eso, su piel tenía una picazón ardiente.

"¿Dónde está Biyu?" Jing pensó, y pronto encontró su respuesta cuando tropezó con Biyu en su oficina. Biyu miró a Jing aterrorizada:

- Presidente Xi. ¿Qué está pasando?

Jing

- Biyu? ¿Qué coño haces en mi oficina, estúpida vaca? Llama al Dr. Song Bao y dile que llegue aquí de inmediato.

Biyu

- Pero el Dr. Bao no está hoy en Beijing. ¿Puedo conseguir a alguien más?

Jing

- no! Tiene que ser el Dr. Bao. Llámalo y haz que venga aquí. Envía un helicóptero a su ubicación y recógelo. ¡Ahora vete!

Biyu hizo lo que Jing le indicó y salió corriendo de la habitación. "Los bastardos me han envenenado. ¡Necesito purgarme! Jing pensó y se arrastró hasta el contenedor de basura, metió los dedos en la garganta y vomitó. Después de eso, se desmayó.

JING XI SE DESPERTÓ en su residencia privada. El Dr. Bao y la esposa de Jing, Lan Peng, estaban a su lado. Lan suspiro de alivio:

- Oh, gracias a Dios que estás despierto. Dr. Bao y me ha he estado tan preocupado por ti.

Jing procesó la declaración de Lan. Sabía que era una mentira. A su esposa no le importaba una mierda y él estaba seguro de que ella tenía una aventura con Chi Wang. Jing había estado demasiado ocupado tramando contra el mundo y copulando con la bella Min Li, para verificar la sospecha, pero estaba en su lista de "cosas por hacer".

Jing

- No pierdas el tiempo con esta farsa, Lan. Por favor sal del cuarto. Necesito hablar con el Dr. Song Bao.

Lan Peng se levantó y ella salió de la habitación sin decir una palabra. Cuando salió de la habitación, Jing se volvió hacia el Dr. Song Bao y habló:

- Entonces, ¿qué me pasó? ¿Alguien me envenenó?

El Dr. Bao sacudió la cabeza y respondió:

- Me temo que su infección por el virus Hei Bai se ha activado por fin. Es posible que necesitemos prepararnos para lo peor. He traído opioides para aliviar tu dolor.

Jing sacudió la cabeza:

- No necesito aliviar ningún dolor. Soy un luchador y no voy a caer sin pelear.

Dr. Bao:

- Como desee, presidente Xi. Estaré cerca si cambias de opinión.

Jing

- Dr. Bao. ¿Sabes si alguien más del grupo ya se ha enfermado?

Dr. Bao:

- No hasta donde yo sé. Pero lo descubriré por ti.
- No tenemos una cura contra este virus, entonces, ¿qué quieres que haga?

Jing

- Mantente en segundo plano por ahora. Necesito sentir este virus yo mismo. Solo entonces puedo entenderlo y aprender de él.

Dr. Bao:

- Entendido. Simplemente presione el botón de emergencia, y vendré. Mucha suerte, presidente Xi.

Cuando el Dr. Bao salió de la habitación, Jing comenzó a retorcerse de dolor. Su piel se sentía como si estuviera en llamas y tuvo que usar su voluntad de hierro para no rasguñarse a sí mismo. Se recuperó y se quitó la camisa. Entonces se dirigió hacia un espejo. Miró horrorizado mientras la corteza como rayas se extendían por su cuerpo. "Tengo que pensar en algo o moriré", concluyó Jing.

Jing decidió que no llamaría a su médico. Ese tonto había sugerido opioides para reducir el dolor, pero eso no haría nada contra los síntomas. ¡Algo que comí debe haber provocado el virus! Jing pensó. ¿Podrían ser las nueces de Brasil? Jing decidió que intentaría una medida extrema para salir de su situación. Tendría que limpiar su cuerpo de toxinas sudando y cagando todo. Si se equivocaba, moriría, pero al menos habría muerto como luchador. Jing presionó el botón de emergencia y Song Bao entró corriendo.

Jing

- Dr. Bao. Tráeme laxantes y chile fantasma a la vez.

El Dr. Bao miró la erupción cutánea de Jing que estaba creciendo mientras la observaba. El Dr. Bao protestó contra la orden:

- ¿Estás loco? No puedes poner tu cuerpo bajo más estrés. Te mataría.

Jing

- También tu maldito opio. Los diablos blancos utilizaron opio contra nosotros durante el siglo XIX. Nunca sucumbiré a tales influencias extranjeras. Ahora, haz lo que te pido. ¡Usted podrá ser mi médico personal y el ministro de salud, pero yo soy el presidente de CPOC!

Dr. Bao:

- Entendido, maestro celestial.

Habiendo dicho esto, Song se inclinó y salió corriendo para conseguir los suministros.

Dr. Bao regresó diez minutos más tarde, y le entregó Jing los laxantes y el ají fantasma para que se relajara. Para su sorpresa, Jing se jartó la botella de laxantes y se comió varios de los súper chiles extra fuertes.

Jing

- Por favor, vete, dudo que las próximas horas sean agradables.

El Dr. Bao hizo lo que Jing le indicó y se apresuró a abandonar las habitaciones privadas de Jing. Jing corrió al baño y se aferró a sí mismo por varias horas desagradables.

UNAS HORAS DESPUÉS, Jing salió del baño. Estaba severamente deshidratado y cubierto de sudor maloliente. Pero valió la pena. La erupción cutánea se había revertido y ya no le dolía mucho. Presionó un botón y Song Bao entró en la habitación.

El Dr. Bao miró a Jing. Jing estaba pálido, vestido en su ropa interior, y una gruesa capa de sudor enfermizo rancio cubría su cuerpo. Jing sonrió y habló:

- Lo hice Le gané al virus Hei Bai. Hubiera muerto si hubiera seguido
tu consejo.

Dr. Bao:

- No entiendo. ¿Cómo podrían los laxantes y el ají revertir la condición de su piel?

Jing

- Pensé en mi día. Lo único que hice diferente hoy fue que comí un puñado de nueces de Brasil. Las nueces de Brasil tienen un contenido muy alto de selenio. Por lo tanto, el selenio debe ser lo que está activando el virus Hei Bai. Así, bebí un montón de laxantes y me comí un montón de chili es para excretar el selenio. Fue un infierno, pero al menos me salvó la vida.

Dr. Bao:

- Esto es asombroso, presidente Xi.

Jing

- sí. Consigue un poco de personal médico y tráelos aquí. Necesito una inyección de solución salina para recuperarme. Además, envíe un gran cargamento de nueces de Brasil a los campos de concentración del condado de Lop. Necesitamos averiguar si el selenio es lo que desencadena el virus.

Dr. Bao:

- Entendido, presidente Xi. Haré tal cual tu voluntad.

Después de decir esto, el Dr. Bao salió de la habitación mientras un equipo médico se apresuraba a conectar a Jing a un suero salino. Al darse cuenta de que necesitaba recuperarse, Jing no salió de la cama durante varios días.

Capítulo 11: Eileen recibe un video aterrador. 1ro de mayo de 2021.

Eileen Lu había vuelto a su casa en Shanghái. Se sintió ansiosa al saber que la Inteligencia Artificial de Jing la vigilaba. Afortunadamente, había encontrado una manera de proteger su computadora portátil de la interferencia del gobierno. Al menos esperaba que el gobierno no pudiera revisar su computadora.

Eileen abrió su aplicación de correo electrónico. Había un mensaje de Ming Shebao, un activista de derecho humanos, que había defendido en un reciente caso judicial. Los correos electrónicos de Ming la molestaron. La estaba poniendo en riesgo enviando su información. Saber demasiado era peligroso, y aunque Eileen quería oponerse a la dictadura, también quería vivir.

Eileen no pudo contener su curiosidad y abrió el video. Fue aterrador. En el video, una docena de media de prisioneros desnudos estaban gritando por un dolor agonizante. Una erupción similar a la corteza estaba creciendo en sus espaldas y se veía de rápida propagación. Al final del video clip, entraron guardias con trajes de materiales peligrosos y quemaron vivos a los prisioneros con lanzallamas.

Eileen cerró el video. Ella no sabía qué creer. El video no tenía sentido y era muy probable que fuera falso. Pero, ¿por qué Ming Shebao le enviaría un video falso? Quizás Ming Shebao había cambiado de bando, y el Partido Columnista quería desacreditar su movimiento. Si lanzara un video que luego se demostrara que era falso, la dictadura china lo usaría como argumento contra el movimiento de derechos civiles

Eileen cerró el correo electrónico de Ming, y estando ella a punto de salir otro correo electrónico golpeó su buzón. Era de Jared Pond, el tonto espía australiano, que no había logrado seducirla. ¿Qué quería él? Eileen abrió el correo electrónico. Decía:

"Hola, Eileen. Estoy visitando Shanghái en este momento. Recientemente renuncié a RAKI, por lo que ya no tienes que preocuparte por lo que hago como profesión. Compré algunas entradas para Moulin Rouge en el Pearl mañana por la noche. ¿Te gustaría acompañarme?

Eileen sacudió la cabeza. No podía pensar en una peor manera de pasar el tiempo que ir a una cita con el estúpido que la había molestado dos veces en Nueva York. La primera vez que se conocieron, él había derramado café sobre ella, y durante su segunda reunión se peleó y terminó en la cárcel. ¡Que perdedor!

Pero entonces una idea golpeó a Eileen. ¿Lo que podría hacer era dar a Jared una memoria USB con el video que Ming le había enviado, y pedir a Jared que publicara el video en línea? Si el video era auténtico, era crucial que el mundo se enterara. Si el video fuera falso, Jared se vería como un idiota y el movimiento de Eileen no sería desacreditado. Eileen envió la siguiente respuesta:

Me encantaría ver el Moulin Rouge contigo mañana. Nos vemos en el Pearl a las 6 PM. Saludos, Eileen.

Después de enviar su respuesta, Eileen puso su teléfono en su bolso y se fue a su lugar de trabajo.

Capítulo 12: Jing Xi obtiene los resultados de las pruebas de virus Hei Bai. 2 °de mayo de 2021

Jing Xi estaba sentado en su oficina cuando su ministro de salud, el Dr. Song Bao, y el asesor de seguridad de Jing, Tzi Cheng, ingresaron a su oficina. El Dr. Bao se acercó a Jing, le entregó un documento y dijo:

- Presidente Xi. Hemos realizado las pruebas solicitadas a los uigures en el campo de concentración del condado de Lop.

Jing

- Un poco más lento de lo que había previsto, pero no importa. Necesitaba recuperarme de mi enfermedad.

- ¿Qué encontraste?

Dr. Bao:

- Descubrimos que su hipótesis era correcta. El selenio desencadena el virus.

Jing

- Afortunadamente, no cedí a mi debilidad y tomé la morfina. ¿Qué encontraste exactamente?

Dr. Bao:

- El virus se activa y contagia al portador con una ingesta diaria de 100 microgramos s de selenio. A 300 microgramos, síntomas graves aparecen. Es entonces cuando erupciones bastantes notables cubren la piel. Con una ingesta de 500 microgramos de selenio, todo el cuerpo de una persona estará cubierto por yagas. En este caso, el individuo experimenta un dolor insoportable prolongado que a menudo mata al portador.

Jing

- excelente. ¿Cuánto selenio hay en una nuez de Brasil?

Dr. Bao:

- Alrededor de 80 microgramos, maestro celestial.

Jing

- Entonces, con este virus: dos nueces harían contagioso a alguien; cuatro nueces enfermarían a alguien y seis nueces matarían a alguien.

Dr. Bao:

- Bueno, las tolerancias individuales al virus pueden diferir, pero en promedio sí.

Jing pensó en su episodio de virus. Intentó recordar cuántas nueces había comido antes de esa maldita reunión del gabinete. Él pensó que eran solo tres, y pensó que su 'cura' que consistente en laxantes y ajíes no había afectado su resultado. Jing no quería admitir que la suerte le había salvado la vida y, en cambio, preguntó:

- Entonces, ¿qué pasa con los anticuerpos contra el virus? ¿Alguien puede desarrollar tolerancia aumentando gradualmente la ingesta de selenio?

Dr. Bao:

- Los sobrevivientes desarrollan anticuerpos, mientras que el virus permanece s latente en el cuerpo. Todavía no hemos probado su hipótesis sobre una mayor tolerancia al virus, presidente Xi.

Jing

- Bueno, entonces deberías. Debemos aprender sobre el virus antes de usarlo contra nuestros enemigos. Y vea si puede encontrar una manera de hacer que la gente coma selenio. Dudo que podamos convencer a nuestros enemigos de comer montones de nueces de Brasil mientras liberamos el virus.

Dr. Bao:

- Entendido, Maestro celestial.

Jing

- Puedes retirarte, Dr. Bao.

Al escuchar esto, el Dr. Song Bao se inclinó ante Jing y salió de la habitación. Jing se volvió hacia Tzi Cheng.

- ¿Qué tiene que informar, asesor de seguridad Cheng?

Tzi Cheng:

- Alguien filtró un video de nuestros experimentos a nuestro enemigo, Ming Shebao.

Jing

- enserio? Espero que tengas a Ming Shebao bajo custodia.

Tzi Cheng:

- sí. Lo tenemos en una instalación segura cerca.

Jing

- excelente. Iré contigo. ¡Necesitamos averiguar a quién le ha contado sobre esto!

Tzi Cheng:

- No necesita venir, presidente Xi.
- Podemos torturarlo y descubrir qué sabe.

Jing sonrió y respondió:

- Lo sé. Pero cuando se trata de Ming Shebao, quiero verlo morir.

Tzi Cheng:

- Como desee, presidente Xi. Te llevaré a nuestra prisión del Ministerio de Seguridad del Estado ahora.

Después de decir esto, Jing y Tzi Cheng salieron de la habitación. Viajaron a la prisión donde la infame policía secreta de Jing mantuvo y torturó a sus prisioneros.

UN TIEMPO DESPUÉS, Jing y Tzi Cheng llegaron a la sala de interrogatorios donde tenían a Ming Shebao. Jing estudió a Ming Shebao a través de un espejo unilateral. Lo golpearon, pero lo peor estaba por llegar para él. Jing sonrió. Sería una delicia ver morir a su enemigo por el virus Hei Bai.
Jing miró a Tzi Cheng y dijo:

- Quédate aquí, Tzi Cheng. Mira lo que pasa si le doy esto.

Jing agarró una bolsa de nueces de Brasil y entró en la sala de interrogatorios donde Ming Shebao estaba encadenado a una silla. La apariencia de Jing sorprendió a Ming y él exclamó.

- Presidente Jing Xi! Nunca creería que vendrías aquí tú mismo. ¿Has venido a torturarme?

Jing se burló:

- No seas tonto. Tengo otros que hacen eso por mí. Solo quería hablar con mi crítico a largo plazo. Sería un tonto si no aprovechara la oportunidad para aprender de mis enemigos.

Ming Shebao:

- ¿Y qué gano al permitirte aprender de mí?

Jing

- Ah, te estás cuidando a ti mismo. Me gusta. Pero antes de hablar de negocios, hablemos un poco primero, ¿de acuerdo? Traje algo de cerveza y algunas nueces.

Ming Shebao miró escéptico a Jing y respondió:

- ¿Qué está pasando? Primero, enviaste a tus hombres a torturarme, y ahora me ofreces cerveza y nueces.

Jing

- La tortura no fue mi intención. Algunos de mis hombres son demasiado celosos y toman sus propias iniciativas. Es difícil para gobernar una nación de 1,4 mil millones de almas después de todo.

Jing tomó una de las nueces y la masticó lentamente. Según el Dr. Bao, sería contagioso después de dos nueces. Después de eso, solo necesitaba ver cómo el hambriento Ming Shebao comía las nueces restantes, y el virus Hei Bai se apoderaba de su cuerpo.

Jing aplaudió y gritó:

- Tzi Cheng, trae un televisor. Vamos a ver a Beijing contra Shanghái en la Superliga china.

Ming Shebao miró a Jing con sorpresa cuando Tzi Cheng rodó en un televisor en un soporte y luego salió de la habitación.

Jing

- No parezcas tan sorprendido, Ming. ¿Qué mejor manera de salvar nuestras diferencias que ver fútbol juntos? Me gusta Beijing y a ti te gusta Shanghái. Sin embargo, ambos estamos unidos por nuestro amor por el deporte.

Ming Shebao:

- ¿Es esta su metáfora de cómo ambos amamos a China a pesar de nuestras diferencias políticas?

Jing

- Exactamente Pero por ahora, solo come las nueces y bebe la cerveza. Debes estar hambriento.

Habiendo dicho esto, Jing tomó su segunda nuez y sonrió. Sentiría una picazón, pero Ming Shebao sentiría que lo estaban quemando vivo.

Ming Shebao se relajó y comenzó a comer nueces y a beber cerveza.

Jing sonrió:

- No seas tímido. Tener el resto de las nueces. Me estoy ahorrando para la cena.

Jing sonrió cuando Ming devoró las nueces restantes, y luego los dos hombres se quedaron en silencio por un rato mirando el juego. En el descanso del medio tiempo, Jing se volvió hacia Ming, cuya infección se apoderó de él:

- Sé que filmaste nuestro campo de concentración del condado de Lop. Debes haberte estado preguntando qué pasó con esos prisioneros que matamos. Estás a punto de experimentarlo de primera mano.

Ming:

- qué? Me has envenenado ¿Cómo? Estamos comiendo las mismas nueces y bebiendo la misma cerveza.

Jing

- No envenenado. Infectado. Llevo el mismo virus que tenían esos prisioneros. El selenio en esos frutos secos activa el virus. Las dos nueces que comí son suficientes para hacerme contagioso. Seis nueces más el virus son suficientes para matar a un hombre. Te comiste una docena de nueces. Digamos que estás en un mundo de dolor. Muahaha

Ming no respondió. El dolor lo estaba abrumando y colapso d al suelo junto con la silla en la que estaba encadenado a.

Ming:

- Ahh! Es muy doloroso Por favor haz que pare. Haré lo que sea

Jing

- Eso es lo que quiero escuchar. ¿A quién le mostraste el video del campamento del condado de Lop? ¿Por qué nadie ha tratado de subirlo en nuestro Internet?

Ming:

- Ya está en Internet. Expondré tus crímenes contra la humanidad, Jing.

Jing

- No, no lo está. Nuestra IA lo habría encontrado.

- La parte más interesante sobre el virus Hei Bai es que cuando la erupción alcanza su punto máximo, se siente como si te estuvieran quemando vivo. Es por eso que nuestros prisioneros ni siquiera reaccionaron cuando nuestros guardias con lanzallamas los prendieron fuego. Como una cuestión de hecho, ser quemado vivo era preferible a sufrir las consecuencias del virus.

Ming se retorció de dolor en el suelo. El dolor fue demasiado para él y él entró y salió de la conciencia. Ming suplicó:

- Por favor haz que pare. Haré lo que sea.

Jing aplaudió y Tzi Cheng entró en la habitación. Jing

- Nuestro prisionero está listo para confesar sus crímenes. Dispárale y termina su vida a mi señal.

Tzi Cheng asintió y apuntó su pistola hacia Ming. Jing se volvió hacia Ming:

- Dame un nombre y tu dolor habrá terminado.

Ming jadeó:

- Eileen ... Eileen Lu.

Tzi Cheng miró a Jing:

- Presidente Xi?

Jing sacudió la cabeza:

- No desperdicies una bala, Tzi. Este hombre es un goner. Tenemos un trabajo que hacer. Encuentra a alguien para secuestrar a Eileen Lu por mí.

Tzi Cheng miró a Jing con asombro:

- ¿Secuestro? Eres el líder de China. Tu palabra es la ley. Puedes hacer que la policía la arreste.

Jing

- No. Arrestarla complicaría lo que tengo en mente para ella. Secuestrarla me vendría mejor. Muahaha

Dicho esto, Jing salió de la habitación donde Ming estaba muriendo de una muerte insoportable. Jing sonrió para sí mismo. ¡No podía esperar para salirse con Eileen y luego enviarla de la misma manera que murió Ming Shebao!

Capítulo 13: Pierre Beaumont programa una reunión con Jing Xi. 3 ^{de} mayo de 2021

Pierre Beaumont estaba estudiando la discusión entre Jing Xi y el Dr. Song Bao, mientras estaba sentado en su oficina en Suiza. Tener el control sobre una de sus compañías proxy, Xeng Fao Technologies, que había ganado el contrato para crear la IA de "Eternal Safeguard" que supervisaba a China era valiosa, ya que le dio a Pierre acceso por la puerta trasera en el sistema y le permitiría espiar importantes reuniones del gobierno chino.

Al escuchar a Jing, Pierre supo que había encontrado oro. Si pudiera adquirir un virus controlable, gobernaría el mundo. Y una vez que él gobernara el mundo, desarrollaría la cura, para que Jing Xi perdiera su arma. Pero primero, necesitaba recuperar el virus, y Pierre tuvo una idea. Era una idea arriesgada, pero la fortuna favorecía a los audaces. Necesitaba reunirse con Jing Xi para poder apoderarse del virus e infectarse con el virus latente pero inofensivo, ya que solo podría desencadenar sus toxinas cuando ingiriera selenio. Si tuviera el virus en su torrente sanguíneo, podría extraerlo de su propia sangre. Luego se usaría la inteligencia mejorada concedido a él por el monóculo Zetan y encontraría la manera de utilizar el virus.

Pierre levantó su teléfono y llamó a la oficina de Jing. Biyu Sang respondió. Pierre se sintió irritado porque no tenía el número directo de Jing. Esto se debió a que Pierre no había llegado a ser el CEO del Banco Mundial cuando se conocieron por última vez.

Pierre habló:

- Hola. Este es Pierre Beaumont del Banco Mundial. Necesito hablar con el presidente Jing Xi.

Biyu Sang:

- El presidente Xi no está en su oficina. Vuelve a llamar mañana.

Pierre frunció el ceño. Era uno de los hombres más influyentes del mundo y cuando llamaba a alguien, esperaba que recibiera su llamada. Pierre reprendió a Biyu:

- El CEO del Banco Mundial no vuelve a llamar mañana. Es mejor que llame a su jefe de inmediato para evitar graves consecuencias para su bienestar.

Biyu

- De acuerdo. Por favor manténgase en la línea.

Biyu suspiró. Pierre Beaumont sonaba importante, por lo que ignorarlo era peligroso. Pero si resultaba no ser importante, ¡Jing la regañaría por molestarlo! Biyu llamó al teléfono privado de Jing y sonó más feliz de lo habitual.
Jing

- Hola Biyu ¿Qué tienes en mente?

Biyu

- Un hombre Pierre Beaumont del Banco Mundial. Insiste en hablar contigo de inmediato.

Jing

- Muy bien Reenvíeme su llamada.

La situación desconcertó a Jing. ¿Qué podría desear ese maricón francófono Pierre Beaumont? ¿Y quién creía que era, exigiendo hablar con Jing de inmediato? Jing era el hombre más poderoso del planeta y Pierre era un estúpido europeo que robaba dinero. El teléfono se conectó y Pierre habló:

- Presidente Xi. Necesitamos encontrarnos mañana. Mi jet privado aterrizará en el aeropuerto de Beijing a las 9 a.m. Espero una recepción adecuada.

Jing estaba a punto de gritar obscenidades y aplastar su teléfono, pero se detuvo. Aunque Pierre era un campesino grosero, y no tan poderoso como Jing, era demasiado poderoso para maltratarlo. En cambio, Jing respondió:

- Estoy ocupado. Pero espero verte en el Foro Económico Mundial en dos semanas.

Pierre:

- Oh, eso es una pena. Quería hablar sobre la cuenta bancaria de "The Honey Dragon Inc." en Credit Suisse. El gobierno suizo está a punto de absorber su saldo de $ 5 mil millones.

Jing

- ¡Mantente alejado de mi dinero!

Pierre:

- ¿Oh, entonces es tu dinero? Mejor nos vemos mañana y discutimos el asunto. Aterrizaré a las 9 AM en el Aeropuerto Internacional de Beijing. Asegúrate de que me reciban bien.

Después de decir esto, Pierre colgó el teléfono. Jing, que estaba a punto de abandonar la prisión secreta, estaba furioso, entonces se volvió hacia Tzi Cheng y exclamó.

- Dame tu pistola. Necesito desahogarme.

Tzi le entregó a Jing su pistola, y Jing entró corriendo a la celda donde Ming Shebao estaba muriendo por el virus Hei Bai.
Jing

- ¡Jódete, perro!

¡Después de gritar esto, le disparó a Ming Shebao con 15 balas que vaciaron el cargador del arma!

Capítulo 14: Una fecha de interrupción. 3 de mayo de 2021.

Eileen Lu se estaba mirándose a sí misma en uno los grandes espejos del Pearl en Shanghái. Ella había acordado encontrarse con Jared Pond. Para envolverlo alrededor de su dedo, ella se había vestido de acuerdo con sus preferencias. El vestido de terciopelo rojo de la sala de baile hizo que Eileen se destacara como un faro en la multitud. Eileen sonrió, pues le gustaba verse hermosa, pero prefería que la gente la midiera por sus atributos intelectuales.

Eileen se sintió desconcertada por el hecho de que había aceptado reunirse con Jared. Era un bufón, que se creía el sueño de todas las mujeres. Pero ella necesitaba un aliado. Necesitaba a alguien que pudiera publicar el video de los campos de concentración uigures en línea, sin llamar la atención. Jared era ese alguien.

Eileen vio a Jared acercarse. Estaba vestido de manera informal, como ella cuando se conocieron en el bar de cócteles de Nueva York. Eileen sonrió. Parecía que se habían cuestionado el uno al otro.

Eileen caminó hacia Jared y sedujo:

- Hola Jared Te ves estupendo hoy. ¿Estás teniendo una noche informal?

Jared

- bien. No sabía que te verías tan impresionante hoy. Pensé que podríamos encontrarnos como amigos.

Eileen bromeó:

- Entonces, ¿somos amigos lo que somos?

Jared

- Bueno, ¿a menos que los amantes de las estrellas sean una opción?

Eileen

- Puede ser.
- Vamos al bar. ¡Me encantaría que me educaras en cócteles y champanes!

Jared

- La gente me ha dicho que soy un gran maestro.

Eileen

- De eso estoy seguro

Después de decir esto, Eileen tomó la mano de Jared mientras le permitía llevarla a la sección del bar del lugar.

Se sentaron en una mesa y el camarero trajo sus bebidas, un mojito por Eileen y un whisky amargo para Jared. Eileen le sonrió a Jared:

- Entonces, ¿qué te trae a Shanghái, Jared?

Jared

- ¿No son el show y tu encantadora compañía buenas razones?

Eileen

- si. Pero viniste aquí ayer. Antes de haber aceptado encontrarme
contigo.

Jared

- Ayer, estaba en Macao "negociando" con hombres de negocios chinos ricos mientras jugábamos al póquer.

- ¿Quieres otro trago?

Eileen

- Sí, pediré lo que estás tomando.

Jared

- Excelente elección, Eileen.

Mientras Jared se acercaba al bar, Eileen se sintió borracha. Ella no era una gran bebedora, por lo que el cóctel había puesto en marcha sus engranajes. Necesitaba alejar a Jared de las multitudes para poder experimentarlo por su cuenta. Eileen se sintió tonta. Hasta ahora ni siquiera le había caído bien Jared, ¿y aun así se sentía atraída por él? Quizás era una necesidad física que necesitaba satisfacer, alejarse del estrés y la paranoia que el video del campo de concentración le había causado.

Jared regresó con sus cócteles y se involucraron en una charla más ociosa hasta que sonó una campana.

Jared

- El espectáculo está por comenzar.

Eileen se estaba intoxicando y arrastraba las palabras:

- ¿Qué tal si nos dirigimos directamente a tu habitación de hotel?

Jared sonrió y bromeó:

- ¿Negocios o placer?

Eileen

- Necesito mostrarte algo. Después de eso, estoy muy feliz de dejarte darme placer.

Jared

- Muy bien Ven conmigo y te enseñaré cómo pasar una noche llena
de pasión.

EILEEN ESTABA MONTANDO a Jared con gran entusiasmo cuando se dio
cuenta de que no le había contado sobre el video de prueba de virus. Ella hizo
una pausa por un segundo. No había tenido relaciones sexuales desde la sepa-
ración de su prometido un año antes. A una parte de ella le hubiera encantado
tener ese cuarto orgasmo consecutivo, pero necesitaba concentrarse en su deber
con su país.

Jared le sonrió a Eileen y bromeó:

- ¿Ya te estás cansando? Solo han pasado veinte minutos.

Eileen se estaba recuperando de la emocionante experiencia. Estaba a punto
de responder cuando se abrió la puerta y entraron dos hombres chinos som-
bríos.

Uno de los hombres corrió hacia Eileen y la golpeó en el estómago, der-
ribándola al suelo. La combinación de shock, trauma físico y alcohol noqueó a
Eileen.

"No debería haber tomado todo ese Viagra. Esto es incómodo." Pensó Jared.

Jared se levantó de la cama. No llevaba ropa y lucía una erección. Esta fue
su primera pelea por la supervivencia mientras estaba desnudo, y con suerte, no
habría muchos seguidores.

Uno de los atacantes pateó a Jared en las bolas y se sorprendió cuando Jared
apenas se estremeció. Siendo un mujeriego prominente, Jared había desarrollado una tolerancia a la bola - patada que revienta, y haría falta más que eso
para noquearlo. Jared respondió inmediatamente, y el primer atacante estaba
sin aliento en el suelo, con su perspectiva de futura paternidad disminuida.

"¡No vengas sin invitación!" Jared exclamó. Jared se apresuró hacia el segundo atacante, lo golpeó en la cara y luego dejó caer una televisión sobre él. Después de esto, Jared corrió hacia el primer atacante y lo noqueó con una rodilla
en la cara.

Jared se puso los pantalones y miró a Eileen.
Eileen

- Uh ¿Qué pasó?

Jared

- Algunos intrusos decidieron interrumpir nuestra encantadora vela-
da. Pero no debemos dejarlos. Dirijámonos a su lugar y continuemos
desde donde estábamos.

Eileen

- Entonces, ¿quieres tener más sexo después de que los hombres nos
atacaron?

Jared

- ¿Qué mejor manera de aliviar el estrés?

Eileen

- De acuerdo. He reservado un taxi a mi casa.
- Salgamos de aquí.

Dicho esto, Eileen y Jared se apresuraron a agarrar sus cosas, y salieron de la
habitación antes de que sus atacantes despertaran.

A LA MAÑANA SIGUIENTE, Eileen se despertó con un terrible dolor de
cabeza. Había bebido demasiado alcohol y ser asaltada por asesinos no ayudó.
Además, su sesión de maratón con el incansable Jared Pond la había deshidratado. Se dirigió a la tetera e hirvió un poco de té. Diluyó el caliente té con agua del
grifo para que pudiera beberlo rápidamente. Después de algunas tazas, recordó

el USB con el video. Eileen tocó a Jared en el hombro y él se despertó con una sonrisa:

- Buenos días, sol. ¿Estás listo para otra sesión?

Eileen sacudió la cabeza y respondió:

- Tan encantador como sería, acordamos negocios y placer. Y aún no hemos tratado con la parte comercial.

Jared suspiró:

- Ya veo. ¿Qué es lo que quieres discutir?

Eileen abrió su computadora portátil y le mostró a Jared el video del campo de concentración uigur. Jared miró el video escépticamente por un momento y respondió:

- ¿De dónde sacaste este video?

Eileen

- Uno de mis antiguos clientes me lo envió. No puedo revelar quién fue.

Jared

- ¿Fue Ming Shebao?

Eileen le dirigió a Jared una mirada preocupada y contuvo la lengua.
Jared

- No te preocupes, Eileen. Soy un ex espía. Esto es lo que hago.

- Ming Shebao no tiene la mejor reputación en el extranjero, debido a que hizo afirmaciones erróneas en el pasado. ¿Pero estoy seguro de que ya lo sabes?

Eileen asintió con la cabeza.
Jared

- ¿Por lo tanto, me tomo que tu quiere que publique estas afirmaciones? En ese caso, primero necesitaría verificarlos con RAKI.

Eileen

- ¿Pero no renunciaste?

Jared

- Sí, pero este video es explosivo. Necesito verificarlo antes de lanzarlo en Internet. No soy un teórico de la conspiración que libera todo lo que tengo.

Eileen

- Entiendo No tardes demasiado. La gente está sufriendo y no podemos saber qué más crímenes planea Jing Xi contra la humanidad.

Jared:
- De acuerdo.

- ¿Reconociste a los hombres que nos atacaron anoche? ¡Creo que fuiste tú quien nos metió en problemas esta vez!

Eileen sacudió la cabeza y respondió:

- Bueno, no vinieron aquí, así que debes haber sido tú.

Jared

- Solo mi suerte. Deberíamos salir de China para estar seguros.

Eileen sacudió la cabeza y respondió:

- Deberías irte, pero no iré a ningún lado. Necesito reunirme con nuestro movimiento de libertades civiles y celebrar el segundo festival Qingming en Xuwan.

Jared

- ¿No es el festival Qingming en abril?

Eileen

- Sabes mucho sobre China, Jared.

- El segundo festival de Qingming no es un evento real. Nos reunimos para honrar a los que cayeron en la última posición contra la tiranía en 1989. No se nos permite conmemorar a esos héroes, así que creamos el segundo festival Qingming.

Jared

- Muy bien Mejor regreso a Australia. Sería maravilloso si decidieras visitarme allí, después de tu celebración.

Eileen sintió tristeza en su mente. Le encantaría mudarse a Australia y dejar este desastre detrás de ella. Pero no podía dejar que Jing Xi no fuera controlado. Si lo hacía, su tiranía se extendería, y que iba a someter a todo el mundo. Eileen

- Gracias, Jared. Espero verte pronto. Asegúrate de difundir mi video.

Jared asintió, se despidió de Eileen con un beso, tomó un taxi hasta el aeropuerto y abordó el siguiente vuelo de regreso a Australia.

Capítulo 15: Una reunión helada. 4 de mayo de 2021

Pierre Beaumont salió de su limusina fuera del palacio presidencial de China. No estaba particularmente impresionado. Si bien China había experimentado un desarrollo económico impresionante, todavía era una mierda contaminada. ¡Nada comparado con Suiza, que tenía grandes ciudades y hermosas montañas a poca distancia en auto!

Pierre se recordó a sí mismo su plan. Había agregado un grano de hidruro de selenio a un tarro de miel élfica. Era un plan peligroso. Pierre necesitaba que Jing Xi ingiriera suficiente selenio para volverse infeccioso, pero no tanto como para tener los síntomas. Hacer que Jing comiera la cantidad correcta de miel de selenio agregada para obtener el nivel correcto era casi imposible. Pierre suspiró. Tendría que conformarse con hacer que Jing coma nueces de Brasil. Era un plan arriesgado y llamativo, pero era la única forma de obtener la dosis correcta.

Pierre llegó al área de recepción del palacio presidencial, donde un asistente le dijo que se quedara y esperara. Pierre miró su lujoso reloj suizo. Se enojaría si Jing lo hiciera esperar. Pierre estaba seguro de que Jing lo haría esperar. No se querían, y por ahora, Jing era el más poderoso de los dos, aunque eso estaba a punto de cambiar. Pierre sonrió cuando pensó en cómo reformaría el mundo y se enriquecería.

JING XI SE SINTIÓ NERVIOSO y frustrado. Los hombres que había enviado para secuestrar a Eileen Lu, habían fracasado miserablemente y habían terminado en el hospital. El contacto de Eileen, el agente australiano Jared Pond, había evadido el país, sin duda llevando una copia del video de prueba de virus. Jing pensó en su próximo paso. Sería fácil para él que Eileen fuera arrestada y asesinada, pero él deseaba su cuerpo, lo que no podría tener si la arrestaran oficialmente. Jing tenía malos pensamientos sobre Eileen. Violarla y luego dejar que el virus Hei Bai la mate sería un gran placer. Pero primero, necesitaba tratar con Jared Pond. Jing se acercó a Tzi Cheng y le susurró:

- Póngase en contacto con nuestros amigos australianos y asegúrese de que Jared Pond no publique el video sobre el virus en Internet.

Tzi Cheng asintió y salió corriendo para hacer los arreglos.
Uno de los asistentes del palacio se acercó a Jing:

- Presidente Xi. Pierre Beaumont ha llegado y te está esperando en la sala del dragón solar.

Jing

- bien. Estaré allí en breve.

Jing reflexionó sobre sus opciones. Por un lado, quería que Pierre lo esperara. Pierre era un humilde banquero y, como tal, debía esperar al emperador. Pero, por otro lado, Jing no tenía nada más que hacer, por lo que perder su tiempo para hacer que Pierre lo esperara era irracional. Jing suspiró y se dio cuenta de que era mejor encontrarse con Pierre de inmediato. De esa manera él resolvería este problema.

PIERRE FINGIÓ UNA SONRISA cuando Jing lo saludó. Esto sería difícil, pero tuvo que superar las dificultades.
Pierre:

- Gracias por recibirme en un tan corto plazo, Presidente Xi.

Jing

- Circunstancias extraordinarias requieren medidas extraordinarias. ¿Cómo puedo resolver este problema con mi cuenta Credit Suisse?

Pierre:

- Como CEO del Banco Mundial, puedo llamarlos y hacer que reactiven la cuenta.

- Pero primero, intercambiemos regalos. Te traje este tarro de miel y estas nueces de Brasil. He oído que las nueces bañadas en miel son un manjar.

Dicho esto, Pierre se congeló por un segundo. ¿Qué pasaría si la combinación de la miel contaminada y las nueces de Brasil causara un brote de virus completo en el cuerpo de Jing? Pierre se sacudió el pensamiento, estaba aquí ahora, y solo podía rodar con eso.

Jing miró a Pierre por un momento y luego mojó una de las nueces de Brasil en la miel y sonrió:

- Tienes razón, Pierre. Nueces y miel son una gran combinación.

Pierre:

- Si por supuesto. Comámonos una, pero sin el sabor a miel. Tienen un gran y único sabor, ¿no?

Jing tomó otra nuez, dudó un momento, se la comió y respondió:

- si. Son mis favoritos. Pero no podemos tener más que esto, necesitamos ahorrarnos para el té de la mañana.

Después de decir esto, Jing señaló en la dirección de una mesa puesta. Le entregó a su asistente las nueces y la miel y caminaron hacia la mesa.
Jing

- Desayuno tradicional chino.

Pierre miró la comida y se burló:

- Oh, esperaba sopa de murciélago. Nada supera la aparición de otro virus.

La mirada de Jing se ennegreció pero contuvo su ira.

- Entonces, ¿por qué insististe en verme hoy?

Pierre:

- Quería discutir algunos cambios en su proyecto de Silk and Belt Road. Está en conflicto con nuestro Proyecto de Derechos Humanos en Almaty, Kazajstán.

Jing

- ¿Desde cuándo el Banco Mundial se preocupa por los derechos humanos?

Pierre:

- No me importan los derechos humanos per se, pero son una gran amortización de impuestos y buenos para la reputación del banco.

Jing

- Bah. Cuando China se hizo rica por primera vez, pensamos que teníamos que fingir que nos importaba. Pero pronto nos dimos cuenta de que a nadie le importa una mierda los derechos humanos, siempre y cuando el dinero fluya.

Pierre:

- Enfoque interesante, pero analicemos cómo podemos sincronizar nuestros proyectos en Almaty. El mundo será un lugar mejor si coordinamos nuestros esfuerzos.

Jing asintió y discutieron sus intereses comerciales en Almaty durante media hora. Después de media hora, Jing empezó a sentir picazón. Pensó si había activado sin darse cuenta el virus Hei Bai. No podría ser el caso. Ahora tenía anticuerpos contra el virus en su cuerpo, por lo que su tolerancia al selenio debería haber aumentado. Regresó rápidamente a su oficina y le dijo a Biyu que convocara al Dr. Bao.

DR. SONG BAO:

- Su análisis de sangre muestra que debe haber ingerido más de 300 microgramos de selenio. Suerte que ya tenías cierta tolerancia al virus Hei Bai.

Jing

- ¿Cómo es eso posible? Esas nueces deberían haber contenido menos de la mitad de eso.

Dr. Song Bao:

- Quizás había algo especial con las nueces. ¿Todavía tienes la bolsa?

Jing

- No, se lo di a uno de los asistentes, Mie Yung. Le dije que las tiraran a la basura.

Dr. Song Bao:

- Bueno, será mejor encontrarla y recuperar el contenido de esa bolsa. Quédate aquí y recupérate. El virus ya está retrocediendo y su exceso de selenio debería agotarse en un par de horas.

Jing asintió con la cabeza. Mientras que odiaba esconderse en su oficina, él podría no mostrarse en público hasta su terrible erupción de la piel hubiese desaparecido.

PIERRE BEAUMONT ESTABA de vuelta en su mansión en Suiza, que tenía un pequeño laboratorio de investigación en el sótano. Había extraído algo de su sangre, y su plan había funcionado. Había rastros del virus latente Hei Bai en su torrente sanguíneo, que había recibido del encuentro con Jing Xi. Pierre Beaumont estudió el virus en un microscopio. Había corrido un gran riesgo al viajar a China y contagiarse de Jing Xi. Pero valdría la pena. Tenía el virus latente en su torrente sanguíneo y con un virus controlable en la mano, podía controlar los mercados mundiales y la economía mundial. Una vez que Pierre pusiera en marcha su plan, el futuro era suyo.

Capítulo 16: Greg Steel arresta a Jared Pond en el aeropuerto de Sydney. 5 de mayo de 2021

Jared estaba sentado en la clase ejecutiva del vuelo 130 de Qantas desde Shanghái con destino a Sydney. Miró el video de prueba de virus del campo de concentración uigur. Estaba lleno de aterradoras imágenes y Jared no pudo superar el presentimiento de que podría ser real. Pero necesitaba verificar el contenido con sus antiguos colegas de RAKI antes de difundirlo. Las tensiones aún eran grandes en el mundo después de la epidemia del plan Coronavirus, y una mayor villanía de China podría causar una guerra total. Por lo tanto, necesitaba estar completamente seguro antes de actuar.

Un pensamiento lo golpeó. ¿Qué pasaría si Greg Steel confiscase y elimina los videos? Había una posibilidad, particularmente si Scurry Morrissett priorizaba lamer las botas de Jing Xi en lugar de hacer lo correcto. A Jared se le ocurrió la solución. Cargaría el video en muchas plataformas oficiales y secretas en Internet. Luego configuraría el video para publicarlo en 14 días a menos que lo cancelara. De esta manera, tendría mucho tiempo para determinar si el video era falso o real, y el gobierno australiano no podría silenciarlo para complacer a China.

Habiendo decidido un curso de acción, Jared pasó el vuelo de regreso a Sydney, implementando su plan. Una vez que terminó, formateó su computadora y su teléfono móvil para evitar que sus colegas siguieran sus pasos. Se recostó en su asiento y se durmió.

CUANDO JARED LLEGÓ a Sydney, Greg Steel y una gran cantidad de oficiales de la policía federal lo esperaban en la puerta. Greg se le acercó:

- ¿Qué estabas haciendo en China, Jared? Nuestros amigos chinos han enviado una orden de arresto.

Jared

- Ya no trabajo para RAKI, así que no es asunto tuyo. Pero tuve una cita con la bella Eileen Lu.

Greg:

- Si. ¿Pero por qué asaltaste a dos guardias de seguridad en el hotel Shangrila en Shanghái?

Jared

- Cuando la gente irrumpe en mi habitación en medio de la noche, clasificaría cualquier violencia contra ellos como defensa propia.

Greg:

- Bueno, los chinos no. Han solicitado que te enviemos de vuelta. Pero primero, necesitamos interrogarte para descubrir la verdad. Por favor ven con nosotros.

Jared

- Claro. Pero por favor analice esta evidencia crítica que encontré. Recibí este video de Ming Shebao y muestra cómo el gobierno chino está probando un nuevo virus en prisioneros.

Greg:

- Gracias, Jared. Voy a mirar en esto.

- Oficiales, por favor traigan a Jared al centro de detención de RAKI en Pyrmont.

Dicho esto, Greg tomó la memoria USB, el teléfono y la computadora portátil de Jared. Después de esto, regresó a su oficina para decidir su curso de acción.

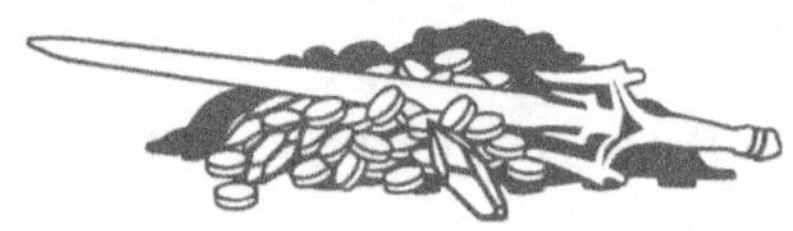

UNAS HORAS MÁS TARDE, Greg Steel estaba hablando con Jing Xi por teléfono.

Greg:

- Es un gran honor hablar con usted, presidente Xi.

Jing

- Ahórrate los formalismos. Tzi Cheng me dijo que tenías algunas noticias alarmantes.

Greg:

- sí. Jared Pond llevó un video incriminatorio que evidencia la forma en que el gobierno chino está probando un mortal patógeno en los prisioneros.

Jing

- Jared Pond es un criminal que se confabuló con el estafador Ming Shebao y agredió a los guardias de seguridad.

Greg:

- ¿Y qué hay del video?

Jing

- El video no es real y el virus Hei Bai no existe.

Greg:

- ¿Por qué tienes un nombre para él, si no existe?

Jing

- Bah. Nuestra Inteligencia Artificial analiza todas las comunicaciones de los ciudadanos chinos. Sabemos lo que los enemigos de la nación están discutiendo entre ellos.

Greg:

- Entendido. Hay un problema más. Jared había formateado su teléfono y su computadora. Creo que se anticipó a la detención y subió el video en todo el Internet.

Jing

- Eso sería desafortunado. Necesitamos acceder a su computadora y teléfono. Nuestra IA puede restaurar todo lo que Jared está tratando de ocultar. Además, envía a nuestros hombres un registro de todo el uso de WIFI desde el vuelo QF130.

Greg:

- Entendido. ¿Qué vamos a hacer con Jared?

Jing

- Necesitas traerlo a mí.

Greg:

- Eso sería difícil. Australia no extradita prisioneros a China. ¿Debería pedirle a Scurry Morrissett una excepción?

Jing

- No. Encuentra la manera de hacerlo de forma encubierta. Habrá una recompensa de $ 20 millones, supongo que eso cubrirá cualquier altercado.

Greg:

- Entendido, presidente Xi. Me pondré en contacto con Tzi Cheng y le informaré nuestros arreglos.

Jing

- Genial Discute todos los arreglos adicionales con Tzi Cheng. Hasta pronto, Coronel Steel.

Después de terminar la conversación con Jing, Greg se recostó en su silla y se frotó las manos. Después de servir a su país durante muchos años, ¡finalmente era hora de servirse a sí mismo!

Capítulo 17: Pierre Beaumont planea un brote de virus controlado. 6 de mayo de 2021

Pierre Beaumont estaba en su mansión con vistas al lago de Ginebra en Suiza. Realizó un pedido de 20 kilogramos de hidruro de selenio. Lo envió a la oficina de Nueva York a la compañía de estanterías de Jing Xi "The Honey Dragon Inc.". Si bien Pierre tenía empresas propias, era mejor si la culpa del brote recaía en China cuando todo había terminado. Pierre sospechaba que Jing Xi planeaba atacar durante la Cumbre de líderes mundiales en la sede de las Naciones Unidas en Nueva York. Jing parecía estar planeando un brote menor en las Naciones Unidas para encubrir el verdadero ataque al movimiento de Derechos Civiles en Xuwan. Pierre, sin embargo, tenía otro objetivo. Si pudiera eliminar a la mayoría de los líderes mundiales, los mercados mundiales colapsarían. Al predecir el colapso, podría reducir cada parte de la economía global, utilizando la riqueza del Banco Mundial como garantía. Una vez que el polvo se hubiera asentado, Pierre sería la persona más rica del planeta.

Vladimir Kravchenko entró en la residencia de Pierre. Pierre estudió al rudo ruso que era tanto el amante ocasional de Pierre como su asesino más consumado. Pierre encontró a Vladimir atractivo y aterrador al mismo tiempo. Ayudado por la misma tecnología extraterrestre al igual que Pierre, Vladimir tenía súper - sentidos. Pierre temía el deseo de Vladimir de asesinar y torturar personas. Si bien a él no le importaba si las personas morían mientras se beneficiará, no veía valor en el sufrimiento innecesario. Vladimir era diferente. No le importaba el dinero, pero nada significaba más para él que la oportunidad de mutilar y torturar a las personas para satisfacer sus sádicas necesidades.

Vladimir:

- Me llamaste, Pierre. ¿Se trata de negocios o placer?

Pierre:

- ¿No son lo mismo?

Vladimir asintió, Pierre le dio una memoria USB y habló:

- Te llamé para hablar sobre negocios. He ordenado 20 kilogramos de hidruro de selenio a una dirección en Nueva York. Necesito que recojas el selenio y contamines una planta de procesamiento de agua. Esta planta proporciona agua potable a la sede de las Naciones Unidas. Tengo la intención de atacar la cumbre de la ONU en el 14 $^{\circ}$ de mayo y causar pánico masivo y chocar los mercados para enriquecerme a mí mismo.

Vladimir se concentró por un momento mientras el monóculo le daba una estimación de las bajas que tal ataque causaría. Finalmente, habló:

- ¿Cuál es el punto de eso? El selenio solo es peligroso si ingiere más de 5 miligramos al día. Los delegados tendrían que beber 10 litros de agua para que eso suceda.

Pierre sonrió y respondió:

- Bien pensado, Vladimir. Pero no pretendo matar a nadie por envenenamiento por selenio.

Vladimir miró a Pierre confundido y respondió:

- Entonces, ¿cuál es el punto de esto entonces?

Pierre:

- He aquí el virus Hei Bai, Muahaha.

Pierre le mostró a Vladimir un modelo del virus Hei Bai. Vladimir sacudió la cabeza y respondió:

- ¿A quién le importa? ¿Por qué me muestras este virus, Pierre?

Pierre sonrió y encendió el video de la prueba del virus Hei Bai en el campo de concentración uigur en China. Vladimir estudió el video y se maravilló del dolor y el sufrimiento de los prisioneros. Casi llegó al orgasmo cuando vio cómo los guardias incendiaban a los prisioneros con sus lanzallamas.

Pierre:

- Ese es el virus Hei Bai, Vladimir. Una dosis alta de selenio en el cuerpo activa el virus. Estimo que todos los que beben más de un litro de agua contaminada tendrán síntomas graves y morirán en la reunión.

Vladimir:

- excelente. ¿Pero algunos de ellos sobrevivirán?

Pierre:

- Los virus no matan a todos los infectados. Que se vea más natural si hay sobrevivientes. Además, solo estoy siguiendo el colapso del mercado para enriquecerme.

Vladimir:

- Me gusta tu plan. ¡Ahora si...!

Pierre sacudió la cabeza y respondió:

- Solo follaremos después de que hayas completado la misión. Pero no te preocupes. He organizado una nueva víctima para ti. Aleksei ha secuestrado otro niño de la calle, un sirio refugiado. Eso tendrá que ser suficiente por ahora.

- Te veo en Nueva York el 14 °de mayo.

Vladimir se lamió los labios y respondió:

- Ah. Amo a los jóvenes refugiados sirios. Disfrutaré de mi noche y luego viajaré a Nueva York para prepararme para el ataque.

Pierre:

- Genial. Disfruta tu noche.

Después de escuchar esto, Vladimir se acercó a la computadora de Pierre y presionó algunos comandos. Pierre gritó:

- Mantente alejado de mi computadora, Vladimir. ¡Estamos cerca pero no tan cerca!

Vladimir sonrió maliciosamente y respondió:

- Por supuesto, Pierre. Seguiré tu orden.

Dicho esto, Vladimir salió de la residencia de Pierre mientras silbaba una alegre canción.

Capítulo 18: Greg Steel secuestra a Jared Pond y lo envía a China. 7 °de mayo de 2021.

Jared Pond estaba mirando la pared de la celda de su prisión. No le gustaba el hecho de que Greg lo había encerrado en una instalación secreta de RAKI en lugar de en una celda normal. Algo andaba mal y se preguntó qué haría. No le dijo a nadie en qué sitios web había publicado el video. El mundo necesitaba saber que el video era real, o no podía haber otra explicación para su encarcelamiento. ¿Pero fue el encarcelamiento de Jared la idea de Greg, o era Scurry Morrissett quien estaba detrás de todo?

"¡Hablando del Diablo!" Pensó Jared cuando Greg Steel y Michael Walker entraron en la celda. Greg dijo:

- Buenas noticias, Jared. Te puedes ir. Scurry no quiere entregarte al gobierno chino.

Jared

- ¿Qué hay del video? ¿Ya lo analizaste?

Greg:

- Esa es una cuestión de seguridad nacional que no voy a revelar a los civiles.

- Sígueme. Te acompañaré fuera.

Jared suspiro de alivio. Una vez que estuvo fuera de este lío, iba a esconderse durante un buen tiempo y mantenerse fuera de la vista de los agentes chinos. Había pasado un tiempo desde que Jared estaba acampando solo en el desierto. Había algo de tranquilidad en disfrutar del claro cielo nocturno del interior de Australia. Los pensamientos de Jared no llegaron mucho más allá de eso. Sintió un pinchazo en el cuello cuando Michael le inyectó un sedante. Jared trató de ponerse de pie y luchar, pero no llegó muy lejos y cayó al suelo inconsciente.

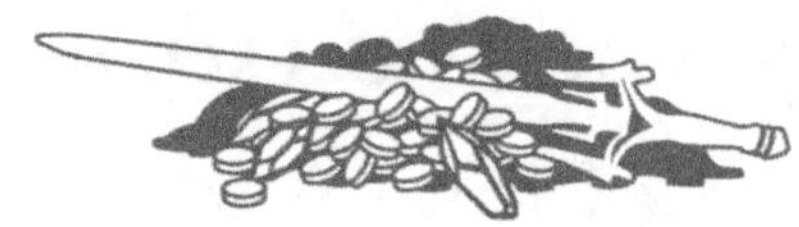

CUANDO JARED SE DESPERTÓ, estaba en un jet privado. Estaba atado a una silla y rodeado por cuatro agentes chinos y Greg Steel.

Jared se sintió mareado y murmuró:

- Greg? ¿Qué está pasando?

Greg se burló de Jared:

- ¿No es eso obvio? Te estoy vendiendo al Ministerio de Seguridad del Estado chino.

Jared

- por qué? ¿Pensé que éramos amigos?

Greg:

- amigos? Eras mi subordinado irrespetuoso. Acepté tus bromas y juegos de azar mientras entregabas resultados.

- Pero Jing me ofreció algo mejor. USD 20 millones por entregarte a China.

Jared

- ¡Nunca te va a pagar! Estás siendo engañado.

Greg:

- Ya me ha pagado. Además, estamos repostando el avión en Singapur. Me iré de allí.

Jared

- ¡Nunca te saldrás con la tuya!

Greg:

- Oh, estoy seguro de que Scurry irresponsable me despedirá por esto. ¿Pero qué más puede hacer? ¿Emitir una orden de arresto internacional y provocar una crisis diplomática con China? No crees que le importe tanto tu bienestar, ¿verdad?

Jared

- Jódete, Greg. Vas a pagar por tu criminalidad. Iré por ti yo mismo.

Greg:

- No, no lo harás.

Dicho esto, Greg electrocutó a Jared con una Taser. Luego amordazó a Jared mientras el avión aterrizaba, entonces Greg se bajó. Jared pudo escuchar que los empleados de afuera estaban reabasteciendo de combustible al avión. Intentó gritar, pero lo amordazaron, por lo que fue en vano. "Oh, si solo tuviera uno de esos dispositivos de Bond", pensó Jared, pero no los tenía. Inmediatamente, uno de los agentes chinos inyectó algunos sedantes más en su cuerpo, y cayó inconsciente.

Capítulo 19: Tzi Cheng interroga a Jared
Pond. 8 °de mayo de 2021

Jared estaba sentado en una sombría sala de interrogatorios en una instalación del Ministerio de Seguridad del Estado chino en Beijing. Había estado en problemas antes, pero esto era todo. Estar encerrado en las instalaciones de la dictadura china fue una sentencia de muerte. Jared sabía que la única razón por la que estaba vivo era para que pudieran averiguar dónde había publicado el video de la prueba del virus. Entonces condenó a Greg por traicionarlo a él y al mundo por la tiranía de Jing.

La puerta se abrió y Tzi Cheng entró en la habitación. Era un hombre musculoso y corpulento con una apariencia peligrosa. Una gran cicatriz corría a lo largo del lado izquierdo de su rostro. Sin decir una palabra, se acercó a Jared y lo golpeó en la cara. Jared cayó al suelo y dos soldados corrieron para inclinar la silla que unía a Jared, a una posición vertical.

Tzi Cheng:

- ¡Bienvenido a China, escoria extranjera!

Jared

- Gracias. ¿Puedes rascarme en la barbilla de nuevo? Creo que tengo ahí una picadura de mosquito.

Tzi Cheng:

- Hay mejores maneras para que te inflija dolor, que golpearte. De hecho, he desarrollado una gran variedad de métodos de tortura bajo el glorioso liderazgo de Jing.

Jared

- Bueno, debo ser bastante importante si el principal asesor de seguridad de Jing, Tzi Cheng, viene a torturarme.

Tzi Cheng:

- Has hecho tu investigación. Eres solo una mota de polvo para el gobierno chino. Pero el video falso que has publicado en línea es peligroso y debemos eliminarlo antes de que se difunda.

Jared

- ¿Cómo puede un video falso amenazar tu autoridad? La verdadera amenaza para ustedes es que el video sea real y no desean evidencia en su contra cuando el virus se libere.

Tzi Cheng:

- Muy bien El video es real. Pero, en cualquier caso, no saldrás vivo de aquí.

Jared

- Es bueno haberlo aclarado. Entonces, ¿por qué te ayudaría entonces?

Tzi Cheng:

- Porque tengo una gran variedad de métodos de tortura que me gustaría probar en ti. Comencemos con la electricidad.

Dicho esto, Tzi Cheng electrocutó a Jared con una vara de ganado, varias veces, mientras se reía encantado.

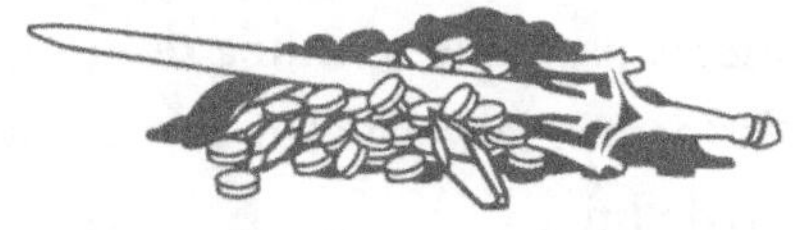

UNAS HORAS MÁS TARDE, Tzi Cheng informó su progreso en la oficina de Jing.

Jing

- Entonces, ¿qué has descubierto?

Tzi Cheng:

- Nuestra tortura a Jared no ha funcionado hasta ahora. Pero hemos encontrado todos los sitios que ha publicado el vídeo a través de estudiar el uso de Wi-Fi en su vuelo.

Jing

- Entonces, ¿los tumbaste?

Tzi Cheng:

- Tenemos la mayoría de los sitios principales para eliminarlos. La amenaza de sanciones económicas por parte de China fue suficiente para hacer que la mayoría de los principales sitios de videos retrocedieran su proceder. Jared estableció los vídeos para que se liberasen en el 19 de mayo.

Jing

- Esto es excelente Eso nos da suficiente tiempo para ejercer presión sobre todos los sitios para que se elimine el video. También explica por qué nuestra IA no ha detectado y nos advirtió sobre el video.

- ¿Por qué crees que Jared estableció los vídeos para liberarse el 19°?

Tzi Cheng:

- Creo que confiaba en Greg lo suficiente como para esperar su opinión, pero aun así hizo copias del video como una póliza de seguro.

Jing

- Puedes estar en lo cierto. No te preocupes por Jared por ahora. Déjalo en una celda y no lo mates.

Tzi Cheng:

- ¿Por qué quieres mantenerlo con vida?

Jing

- Porque lo culparé a él, Eileen Lu, y al movimiento de derechos civiles por el brote que tendrá lugar en Xuwan la próxima semana. No puedo usarlo como chivo expiatorio si lo mato ahora, ¿verdad?

Tzi Cheng:

- Entonces, ¿quieres que lo libere?

Jing sacudió la cabeza:

- No. Espera hasta que el 15 ° de mayo. Luego lo liberan en Xuwan y lo incitaran a encontrar a Eileen Lu. Es hora de aplastar el movimiento de libertades civiles, de una vez por todas.

Después de decir esto, Jing se dio un festín con un tarro de miel de la costosa y se rió maliciosamente durante un período prolongado de tiempo.

Capítulo 20: Pierre obtiene una copia del video de prueba del virus. 8 °de mayo de 2021

Pierre se despertó cuando su monóculo estaba sonando. Había configurado el Monóculo Zetan y su inteligencia artificial avanzada e intuitiva para despertarlo si había algún avance importante en el mundo. Pierre sonrió cuando vio el video con la conversación entre Jing y Tzi Cheng. Si pudiera adquirir el video de prueba de virus, tendría pruebas suficientes para enmarcar al gobierno chino. Si jugaba bien sus cartas, podría aplastar a China y aumentar su poder. Era la oportunidad de su vida.

Pierre descargó la lista de sitios web que se habían negado a eliminar el video del virus. Comenzó a contactar a los administradores del sitio web. Después de unas horas, Pierre llegó al Rey Mwanza desde un sitio web de medicina herbaria de nigerianos.

Rey:

- Hey, quien es este?

Pierre:

- Este es Chi Wong. Estoy interesado en un video tuyo.

Rey:

- ¿Estás hablando de ese video chino? No lo voy a quitar a menos que me pagues mucho. Ese video podría hacerme una fortuna vendiendo remedios herbales para la enfermedad en el video. Ya estoy ampliando la producción.

Pierre:

- ¿Cómo puede recibir un tratamiento cuando ni siquiera tiene una muestra del virus?

Rey:

- No necesito uno. Yo opero por fe. Mis seguidores creen en mis remedios herbales. La fe triunfa sobre la ciencia.

Pierre:

- Y el dinero triunfa sobre ambos.
- Tengo una oferta para ti.

Rey:

- No voy a eliminar ese video.

Pierre:

- No espero que lo hagas. De hecho, quiero que me envíen una copia del video. Estoy dispuesto a pagarle USD 10 millones por el video.

Rey:

- Quién eres

Pierre:

- Un amigo que quiere hacer lo correcto. Entonces, ¿tenemos un trato?

Rey:

- Tienes que pagarme por adelantado, hombre.

Pierre:

- Eso se puede organizar.

- Te enviaré el dinero desde una cuenta bancaria anónima suiza. Espero que me transfieran el video, para evitar accidentes 'desafortunados'.

Rey:

- Lo tienes, hombre. Te enviaré el archivo tan pronto como me hayas pagado. Sabes cómo alcanzarme.

Dicho esto, el rey Mwanza colgó el teléfono. Pierre inició sesión en Credit Suisse y pagó a Mwanza con la cuenta bancaria oculta de Jing. Pierre sonrió de lado. Jing tenía demasiado miedo de perder su cuenta bancaria oculta para hacer la pregunta real, ¡cómo Pierre sabía sobre la cuenta en primer lugar!

Unos minutos más tarde, Pierre recibió el video de prueba de virus. Después de asegurar el video, Pierre le indicó al monóculo que cargara el clip en todas partes con cientos de nombres de usuario diferentes. El video se lanzaría el 16 de mayo. Entonces Pierre se quitó el monóculo, lo puso cerca del enrutador Wi-Fi y se fue a dormir a la vez que soñaba con su ascenso para convertirse en el verdadero maestro de las marionetas del mundo.

Capítulo 21: Jing Xi viaja a Nueva York. 10 de mayo de 2021.

Jing Xi abordó el avión del gobierno chino que lo llevaría a la cumbre de las Naciones Unidas en Nueva York y tendría lugar el 12 de mayo. Todo iba según lo planeado. Jing causaría un brote menor en la cumbre de las ONU para desviar la atención de los medios del brote de Xuwan. El movimiento de derechos civiles chino se estaba congregando en Xuwan, y ¿qué mejor manera de deshacerse de ellos que causar un brote masivo? Jing cerraría completamente la ciudad y haría que su policía secreta asesinara a todos los que se le opusieran. Como consecuencia, Jing afirmaría que el virus Hei Bai causó su muerte.

Para crear el brote de Xuwan, Jing había transferido prisioneros uigures infectados a la ciudad. Además, había ordenado a Tzi Cheng que contaminara el suministro de agua con grandes cantidades de hidruro de selenio. El selenio activaría el virus latente Hei Bai y enfermaría a millones en cuestión de días. Miles morirían por el virus, pero muchos más morirían por las purgas que Jing sufriría durante el cierre. Del mismo modo, Jing causaría brotes menores en otras ciudades, para motivar bloqueos allí. Al final, todos los que la IA había identificado como sus oponentes, 1.2 millones de personas, serían eliminados de la faz de la Tierra. Después del genocidio, el Partido Columnista de China reinaría y las personas tendrían que deificar a Jing.

Cuando se trataba de la cumbre en Nueva York, Jing elegiría un enfoque más cuidadoso. Había ordenado al proveedor, que era su dueño, que suministrara nueces de Brasil en la mayoría de las mesas de conferencias. Indudablemente, algunas personas se enfermarían, lo que robaría toda la atención de los medios. Pero la mayoría de los delegados no tocarían las nueces y no se enfermarían. Además, Jing había ordenado al proveedor que sirviera a los delegados importantes otros bocadillos para evitar desencadenar el virus.

Jing llamó a su mano derecha Tzi Cheng:

- ¿Está todo listo?

Tzi Cheng:

- sí. Hemos transferido a Jared y los uigures infectados a Xuwan. Los liberaremos y contaminaremos el suministro de agua en dos días.

Jing

- excelente. ¿Has organizado los brotes menores y los bloqueos de nuestras otras ciudades importantes?

Tzi Cheng:

- sí. Estamos listos para mudarnos y capturar a todos los enemigos de China durante este glorioso momento de nuestra historia.

- Es una pena que no puedas guiarnos a través de la gran purga.

Jing

- sí. Pero tengo que visitar las Naciones Unidas. Tengo que infectarme para demostrar que soy inocente y que los enemigos de China están detrás de esto.

Tzi Cheng:

- sí. Lo sé. Mucha suerte, Presidente Xi.

Jing

- ¡Por China y el ascenso del dragón! Cambio y fuera, Tzi.

Después de decir esto, Jing colgó el teléfono. Se sintió incómodo al saber que tendría que enfermarse con el virus Hei Bai para crear una coartada para sí mismo. Pero era un riesgo que estaba dispuesto a correr. Cuando se trataba de fortalecer el poder de sí mismo y de su partido, ningún riesgo era demasiado alto.

"Tráeme un poco de licor de miel, esclavo ". Jing le gritó a Biyu, y él se recostó en su silla lleno de alegría, mientras las dulces gotas satisfacían sus papilas gustativas y el alcohol calmaba sus sentidos.

Capítulo 22: Pierre Beaumont viaja a Nueva York. 11 °de mayo de 2021.

"Me gustaría un vaso de Penfolds Grange Shiraz 2015". Pierre dijo con una voz engreída. Pierre se sentó a bordo de su jet privado, se dirigió desde Ginebra a Nueva York y se sintió increíble. Tomó un sorbo de vino. No sabía tan bien como la cosecha 2012 a pesar de costar $ 200 más. Independientemente de este revés temporal, Pierre se sintió emocionado. Pronto se convertiría en el hombre más rico del planeta y nunca más tendría que preocuparse por el dinero.

Pierre había considerado si necesitaba educación para viajar a Nueva York. Podía hacer todo el comercio desde la seguridad de su hogar en Ginebra. Había decidido que su presencia en Nueva York era ventajosa. Pierre era un fanático del control, y no podía ceder el dominio de toda la operación a Vladimir. Necesitaba estar allí él mismo. Pierre había invertido miles de millones en CFDs y acortaba el mercado. Había utilizado el dinero del Banco Mundial como garantía para todas las empresas de buzones anónimos que había creado. Si el brote no ocurriera, habría perdido la mayor parte del dinero que había invertido, y todo el mundo vendría tras él. Incluso con su inteligencia elevada, Pierre estaría en serios problemas bajo tal escenario.

Sorprendido por su miedo al fracaso, Pierre arremetió contra su sirviente:

- 2015 no es una buena añada. Tráeme una copa de la cosecha 2012.

Servidor:

- Lo siento señor. No trajimos ninguna cosecha 2012. ¿Puedo sugerir 2014?

Pierre:

- 2014? Prefiero beber esta orina de gato que me serviste. Vete.

El criado salió corriendo sin decir una palabra.

Pierre se sintió arrepentido. Si bien no le importaba la posibilidad de asesinar a miles para enriquecerse, no debería tratar a su personal como si fueran perros. Tal era el comportamiento de ese bruto y simple idiota Jing Xi, pero Pierre era un humano superior. Un humano de raza superior no permitiría que pequeños reveses cambiaran su comportamiento al de un animal menor.

Pierre sacó unos billetes de 100 francos suizos y se levantó de su asiento. Se acercó a su criado y le habló:

- Lo siento, Michelle. Tu transgresión no justificó un comportamiento tan brutal. Aquí hay una muestra de agradecimiento. Compra un regalo a tu hija Eva de mi parte.

Michelle:

- Gracias, Pierre. Eso es muy generoso de tu parte.

Pierre:

- Pero no permitas en demasia la complacencia. Regresaremos a Ginebra en dos días, y necesito que me traigas la cosecha de 2012 para entonces. El dinero no es, como siempre, un problema.

Michelle:

- Gracias, Pierre. Haré todo lo que pueda para satisfacer su petición.

Pierre asintió y no respondió. Un dilema menor lo golpeó. No quería que su criado muriera, pero le preocupaba que él lo expusiera si él advirtiese a Michelle.

Hizo caso omiso de la idea y decidió que podía salvar a su sirviente mientras mantuviera su coartada al mismo tiempo.

Pierre:

- Solo un aviso. He oído que el agua del grifo de Nueva York no es segura para beber. Solo bebe agua embotellada de nuestros Alpes suizos mientras estemos allí. Toma suficiente agua embotellada del avión para un unos dos días.

Michelle:

- Gracias, Pierre. Lo haré.

Después de advertir a Michelle, Pierre se sintió un poco preocupado. ¿Qué pasa si advertencia Michelle afectara su plan? Pierre hizo caso omiso de la idea una vez más. Mucha gente tenía objeciones justificadas e injustificadas para beber agua del grifo. De hecho, no le dijo a Michelle que el agua del grifo era peligrosa de beber, entonces su declaración no lo implicaría.

Pierre se calmó y tomó otro sorbo de vino tinto. Pensándolo bien, Penfolds Grange Shiraz 2015 fue una buena cosecha, incluso mejor que 2012. Pero no le dijo a Michelle sobre su nueva conclusión. Habiendo ya dado una orden, Pierre estaba listo para vivir con las consecuencias.

Así que decidió sonreír al anticipar su 'sufrimiento' en el camino a casa. ¡La vida podría ser peor!

Capítulo 23: El brote de la cumbre de la ONU. 13 º de mayo, 2021

Pierre Beaumont masticó algunas nueces de Brasil y subió al escenario frente a los delegados reunidos. Era hora de brillar. Pierre hizo una presentación sobre cómo el Banco Mundial iba a "ayudar" a los países en desarrollo afectados por los bloqueos de Coronavirus que ocurrieron el año anterior. En realidad, el Banco Mundial nunca había, nunca, ayudado a cualquier país, y los lugares que recibieron sus subsidios habían quedado pobres indefinidamente. El discurso de Pierre fue lento, ya que temía haber revelado las verdaderas intenciones del Banco Mundial. A juzgar por la falta de reacción de la multitud, entendió que tal vez ya lo sabían, pero no les importaba, siempre que pudieran enriquecerse. Pierre estudió a los líderes mundiales allí congregados. Todos los prominentes estuvieron presentes.

- Presidente Jing Xi de China
- El presidente Deidrick Dump de los EE. UU.
- La canciller Angela Mittler de Alemania
- Primer ministro Scurry Morrissett de Australia.

¿Alguno de ellos sobreviviría al brote? Era crucial que Jing Xi sobreviviera. Sería difícil echarle la culpa del brote si muriera.

Pierre temía que el brote pudiera causar una guerra nuclear. Ni él, ni el Banco Mundial ganaría si las cosas se intensificaran hasta alcanzar una escala de intercambio nuclear. Un colapso económico era lo que Pierre necesitaría, pero la gente era impredecible y las cosas podrían ir de la mano. Por un segundo, Pierre pensó en contactar a Vladimir y decirle que no contaminara el agua potable.

Pero si no avanzaba con el ataque, perdería todo su dinero y entraría a deber miles de millones. En tal escenario, el tiempo en la cárcel sería el mejor resultado posible para Pierre.

Pierre se decidió. Él procedería según lo planeado. El miedo que experimentó fue solo su conciencia jugando con su mente. Después de murmurar un poco, continuó su presentación.

JING XI ESTABA ESCUCHANDO la presentación de Pierre Beaumont. Se preguntó de qué estaba hablando el maldito idiota. Pierre no siguió las notas de presentación y estaba divagando tonterías incoherentes. Jing se encogió de hombros. No le importaba en absoluto lo que se estaba hablando en el salón. Pero el número de personas enfermas entre la multitud en tan magno evento sería una buena distracción del brote principal que tendría lugar en Xuwan. Jing se comió su quinta nuez y tosió ruidosamente. Dado que el virus Hei Bai estaba en el aire y era extremadamente contagioso, esto sería suficiente para infectar a todos en la sala. Una vez que el brote comenzó , bastaría con implicar a los EE.UU pues Deidrick no se infectaría mientras que otros líderes mundiales , que estaban en contra de Dump lo harían.

Pierre hizo una pausa en su presentación y le habló a Jing:

- Presidente Xi. ¿Estás bien?

Jing

- No, no lo estoy. ¡Necesito volver a mi hotel de inmediato!

Todos en la habitación miraron a Jing cuando se levantó y salió de la sala de juntas Jing se preparó. La erupción se estaba volviendo dolorosa, pero no era peligrosa para él, ya que tenía anticuerpos de varios otros episodios del virus Hei Bai.

"Llévame a la suite de mi hotel y asegúrate de que las cámaras estén listas para mi declaración", ordenó Jing a sus guardaespaldas y salió de la sede de la ONU junto con ellos.

PIERRE TERMINÓ SU PRESENTACIÓN y se apresuró a abandonar el lugar. Qué desastre había sido la presentación. Pierre se sacudió un poco de polvo imaginario de su chaqueta. Aunque se sentía como un tonto, se sentiría maravilloso una vez que su plan se hiciera realidad. Pierre le envió un mensaje de texto a Vladimir. "¿Completaste la misión?" Unos minutos más tarde recibió un "Sí".

Pierre se levantó. Necesitaba asistir a una reunión en la Reserva Federal, donde residía el poder real. Además, no quería estar en la sede de la ONU cuando la gente comenzara a colapsar a su alrededor. Cuando el brote tuviese lugar, Pierre preferiría seguir las cifras en su pantalla de negociación. Se puso excitado pensando acerca de cómo el cortocircuito causado al mercado podría impulsarlo a las salas de riqueza sin precedentes. Pierre se metió en la limusina que lo llevó a la Reserva Federal.

PIERRE ESTABA ASISTIENDO a un seminario en la Reserva Federal Banco de Nueva York. Angus Brothschild estaba explicando cómo la reserva federal podría imprimir más dinero y dar a los ricos para estimular la economía. Pierre estuvo de acuerdo con la idea, pero le pareció aburrido y vacío escuchar a Angus. Angus era un intelectual ligero. La única razón por la que él era el jefe de la sucursal de la Reserva Federal de Nueva York era porque era el heredero del trono de Brothschild. Pierre no era fanático de la transición hereditaria del poder. Permitió a los imbéciles llegar a la cima en lugar de promover el talento. Pierre no nació rico. Se había abierto camino hasta la cima, llegando al primer lugar asesinando a su rival Chakri Apinya. ¡Ese era el verdadero espíritu de la naturaleza, hacer cualquier cosa para alcanzar la meta!

Pierre se vió interrumpido de su ensoñación cuando el hombre a su lado, el rector del Banco Central Europeo, se sintió enfermo. ¿Estaba el hombre infectado por el virus Hei Bai? ¿Cómo es posible? Si bien Pierre podría haberlo infectado, no había visto al hombre comer ningún alimento rico en selenio para activar la enfermedad.

Angus

- ¿Estás bien, Jurgen?

Jurgen:

- mi espalda está en llamas

"Oh, mierda. Aquí vamos." Pensó Pierre. ¿Pero cómo sucedió esto? ¿Jurgen había comido alimentos ricos en selenio antes de asistir a la reunión? ¡Eso sería algo de mala suerte! De repente, el hombre frente a Pierre también se derrumbó en el suelo. "Me siento tan caliente, por favor ayúdame".

Pierre se dio cuenta de que necesitaba salir de la habitación. Su plan había fallado y, de alguna manera, estaba matando a sus compañeros banqueros. Aunque no le importaban sus vidas, no quería terminar en cuarentena. Era crucial que no terminase así. No podría implementar sus esquemas comerciales si estuviera encerrado en el hospital y todos sus planes podrían quedar en nada.

Pierre salió corriendo de la habitación y entró en el baño. Insertó su monóculo Zetan, lo configuró para evitar confrontaciones y abandonó el edificio de la Reserva Federal.

"Vladimir, nos vemos en el aeropuerto de inmediato. Regresamos a Ginebra de inmediato. Pierre envió un mensaje de texto. Pierre volvió a su limusina. Su conductor yacía en el suelo al lado del auto, gritando de dolor. "A la mierda esta mierda". Pierre pensó y gritó:

- Dame tus llaves ahora. Necesito volver al aeropuerto de inmediato.

Conductor:

- Por favor ayúdame. ¡El dolor es insoportable!

Pierre:

- Dame las llaves y te llevaré al hospital.

Conductor:

- Aquí Tómalas

El conductor le entregó las llaves a Pierre y él se burló

- Maldita sea inútil. ¿Realmente pensaste que te llevaría?

El conductor silbó algo a cambio, pero Pierre no se molestó en responder. En cambio, condujo tan rápido como pudo hasta el aeropuerto. No fue fácil. La ciudad había descendido a un completo caos. Muertos y moribundos yacían por todas partes. ¿Cómo había sucedido esto?

JING XI HABÍA TERMINADO de grabar el video que mostraba cómo los estadounidenses lo habían envenenado cuando sospechaba que algo andaba mal. Las interminables sirenas de vehículos de emergencia y las multitudes gritando le dieron un toque surrealista de la ciudad. Jing miró por la ventana. No eran varias personas infectadas por el virus Hei Bai las que estaban fuera en la calle y parecía que el ejército estaba reuniéndose usando trajes especiales.

Jing encendió la televisión. El reportero de noticias dijo. "Hay un ataque de guerra biológica en Nueva York. Se confirmó la muerte de la mayoría de los líderes mundiales que asistieron a la cumbre de las Naciones Unidas, incluido el presidente de Estados Unidos, Deidrick Dump. "

Jing apagó la televisión. Esto fue un desastre. Jing había esperado infectar a algunos líderes que eran enemigos de los Estados Unidos. Esto habría implicado que Estados Unidos estaba detrás del ataque de guerra bioquímica que tendría lugar en Xuwan. Jing llamó a Tzi Cheng:

- Tzi Cheng. Algo está mal. Nueva York ha sido duramente golpeada por un ataque del virus Hei Bai. Hay un cambio de plan. Tienes que abortar el ataque contra Xuwan. Ya no podemos culpar a Estados Unidos por un ataque a China dado que el presidente de Estados Unidos murió por el virus. ¡Esto es una atrocidad!

Tzi Cheng permaneció en silencio por un momento y respondió:

- Es muy tarde. Ya hemos contaminado el suministro de agua en Xuwan hace unas horas.

Jing

- Cierre el agua en la ciudad. Minimicemos el brote.

Tzi Cheng:

- Si cerramos nuestros suministros de agua en Xuwan, los estadounidenses sabrán que lo liberamos allí en Nueva York.

Jing suspiró. Alguien lo había engañado y sabía que estaba en problemas. Pero la situación aún era rescatable. Después de todo, Jing se había infectado a sí mismo del brote y el virus también afectó a una de las ciudades de China. Jing esperaba poder implicar a un tercero.

- De acuerdo. Tienes razón. No hagas nada con el suministro de agua. Libera a Jared y a Eileen. Él la buscará. Luego arréstenlos y a todos los que se nos oponen una vez que comience el brote.

Tzi Cheng:

- Entendido, maestro celestial. Te recomiendo que salgas de los Estados Unidos lo más rápido posible. Las cosas se pondrán feas en Nueva York.

Jing

- sí. Saldré de aquí de inmediato.

Jing colgó el teléfono y se volvió hacia sus guardaespaldas:

- ¿Qué están esperando, idiotas? Nos vamos de Nueva York de inmediato. Llévame a El aeropuerto. Y hagas lo que hagas, ¡no bebas nada del grifo!

Dicho esto, el grupo se levantó y todos corrieron hacia el aeropuerto.

PIERRE BEAUMONT SUBIÓ al avión y notó que el piloto no había llegado. Esto fue muy inconveniente. Había salvado a su criado advirtiéndole sobre el agua del grifo, pero no había salvado a su piloto. "¡Esa fue una manera estúpida de priorizar!" Pierre murmuró para sí mismo.

Vladimir llegó al avión y se veía feliz, más feliz de lo que Pierre había visto a su asesino ruso y a su botín. Pierre miró a Vladimir y habló:

- Qué paso? ¿Por qué hubo un brote en toda la ciudad? Solo tenía la intención de infectar la cumbre de las Naciones Unidas.

Vladimir sonrió maliciosamente y respondió:

- Fui más allá de tus órdenes, Pierre.

Pierre miró a Vladimir con una mezcla de terror y admiración. Pierre:

- ¿Qué hiciste exactamente, Vladimir?

Vladimir sonrió:

- Bueno, después de que me hablaste de la misión, tuve una idea. Pensé: ¿Por qué matar 500 cuando puedo matar 500,000?

- Entonces, pedí 5 toneladas de hidruro de selenio, y lo vertí directamente en el suministro de agua de Nueva York.

- Luego caminé por la ciudad y tosí a todos mientras los contagiaba. Sabes lo contagioso que es este virus. Muahaha!

Pierre:

- Bah, no abogo por asesinatos innecesarios. Matar a 500 líderes mundiales me hubiera hecho la misma cantidad de dinero.

La interfaz intuitiva de monóculo de Pierre reveló que Michell e había escuchado la conversación. "¡Joder, que molesto va a ser entrenar a una nueva camarera!" Pierre pensó y gritó:

- Vladimir, Michelle ha oído por casualidad nuestra conversación. Apodérate de eso.

Michelle intentó escapar del peligroso ruso, pero fue en vano, y Vladimir lo subyugó.
Pierre:

- Arrástrai hacia el avión. Nos ocuparemos de el allí.

Vladimir arrastró a Michelle en el avión. Al llegar a la parte interior, Michelle gimió:

- Por favor perdóname. No voy a decir nada Piensa en mi familia.

Pierre se encogió de hombros y respondió:

- Lo siento, Michelle. Has sido un buen servidor y me encantaría dejarte viva. Pero no estoy dispuesto a correr el riesgo. En cambio, morirás por el virus Hei Bai como la mayoría de Manhattan. Será doloroso y desagradable, pero necesito una coartada.

Pierre sacó un poco de hidruro de selenio y lo disolvió en una botella de agua. Le entregó la botella a Vladimir y habló.

- Michelle debe tener sed. Vamos a darle un poco de agua.

Después de eso, Pierre y Vladimir forzaron a Michelle a beber de la botella. Debido al altísimo contenido de selenio en la botella de agua, Michelle desarrolló síntomas claros rápidamente. Cuando Pierre estaba convencido de que Michelle moriría, lo tiraron fuera del aeroplano, cerrando la puerta y preparándose para el despegue. Pierre usó el monóculo Zetan para iniciar el avión y despegó. Ni siquiera se molestó en contactar al control de tráfico aéreo para obtener permiso para partir. La ciudad había caído en el caos de todos modos.

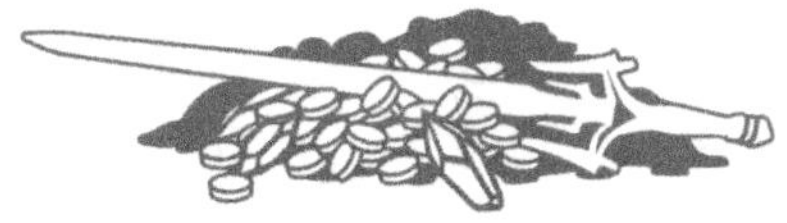

JING XI LLEGÓ AL MISMO aeropuerto privado en Nueva York. Vio cómo Pierre y Vladimir echaron el cuerpo de Michelle de su avión y luego despegó. Jing no reflexionó mucho sobre eso. Necesitaba salir de la ciudad ahora mismo.

Jing

- Prepara mi avión.

El guardaespaldas de Jing, Ma Tin, sacudió la cabeza y respondió.

- He intentado llamar a nuestros pilotos. Ninguno de ellos contesta. El brote debe haberlos infectado.

Jing entró en pánico. No podía estar atrapado en esta ciudad. Era demasiado peligroso. Porque después de que las muertes por el virus disminuyeran, la ciudad colapsaría como símbolo anarquía por la muerte del liderazgo de los Estados Unidos.

Jing

- Ven conmigo. Necesitamos usar el sistema de anuncios públicos del aeropuerto para buscar un piloto.

Jing y sus guardaespaldas entraron a la terminal del aeropuerto. Muertos y moribundos cubrían los pasillos. Jing se acercó a la sala de control de tráfico aéreo. La puerta estaba cerrada. Ma Tin sacó su pistola y disparó la cerradura volviéndola pedazos. Después de eso, le dio una patada a la puerta. Jing se acercó a un micrófono e hizo un anuncio.

- Hola. Este es Jing Xi, el presidente de China. Estoy dispuesto a pagar $ 1 millón a cualquier piloto que pueda pilotar nuestro avión lejos de esta ciudad. Diríjase a la puerta 12 para declarar su interés.

Jing sintió una profunda sensación de alivio cuando apareció un piloto unos minutos más tarde. Se sentía tan aliviado, por lo que ni siquiera se opuso cuando el piloto insistió en volar a Londres en lugar de Beijing. Después de acordar los términos con el piloto, Jing corrió hacia el avión que lo llevaría lejos de la ciudad de Nueva York afectada por el desastre.

Capítulo 24: ¡Ve a ver a tu novia, diablo blanco! 14 de mayo de 2,021

¡Ve a ver a tu novia, Gweilo! "El soldado chino le gritó al agente australiano mientras empujaba a Jared Pond fuera de la camioneta blanca. Golpeando el asfalto con rapidez, Jared se raspó los brazos y las rodillas, destruyendo su ropa y sangrando profusamente. Jared se sintió confundido. Nunca había anticipado que los operativos del CPOC lo dejarían salir de esto con vida.

Como sus brazos y piernas estaban atados con bridas, Jared se retorció hasta que pudo encontrar una superficie afilada. Así que frotó las ataduras de cables contra la acera hasta que se rompieron y fue un hombre libre.

Jared se levantó. Pensó en lo que el guardia le había gritado. ¿Por qué el Partido Columnista quería que encontrara a Eileen Lu? Jared se dio cuenta de que tenía que seguir el plan de la dictadura. Fue herido y no llevaba dinero ni pasaporte. ¡Estas no eran circunstancias ideales, especialmente porque ni siquiera sabía dónde estaba!

Jared se acercó a un grupo de personas que jugaban mahjong y preguntó:

- ¿Dónde estoy?

La gente sacudió la cabeza, retomó su juego y se fueron sin reconocer a Jared. Jared no podía culparlos. Deben haber visto cómo la policía secreta lo había echado de un vehículo en movimiento y habrían asumido que cualquier contacto con él era peligroso. Jared estuvo a punto de colapsar por autocompasión cuando escuchó una voz familiar:

- Jared, ¿qué te pasó?

Jared levantó la vista y vio los rasgos angelicales de Eileen Lu. Se sintió mareado y feliz al mismo tiempo. Había asumido que nunca saldría vivo del cautiverio y, sin embargo, allí estaba, junto con Eileen. Jared

- Mi jefe me traicionó y me vendió al Partido Columnista. No sé por qué me dejaron ir.

Eileen

- Dios mío, Jared. ¿Qué te hicieron esos monstruos? Necesitamos sacarte de China.

Jared

- Pero no tengo dinero ni pasaporte.

Eileen

- Ven conmigo. Yo te ayudaré a llegar al consulado australiano en Shanghái después de la manifestación.

Eileen se volvió hacia uno de sus asociados y habló:

- Chen Lan, por favor ayuda a Jared. Tendrá que caminar con nosotros, y luego lo llevaré conmigo a Shanghái.

Chen asintió y ella ayudó a Jared a ponerse de pie.
Cuando Jared se levantó, Eileen lo besó y habló:

- Necesito apurarme para la sesión. Daré un discurso Chen te ayudará y te veré después.

Jared

- Gracias, Eileen.

Eileen se apresuró a dirigirse a la concentración de las libertades civiles, mientras que Chen ayudó a llevar a Jared a un apartamento cercano.

JARED ESTABA SENTADO en un departamento con vista a la plaza principal de la ciudad de Xuwan. Mientras estaba escuchando el discurso de Eileen, Chen Lan estaba reparando sus heridas. Chen:

- ¿Quieres un poco de té?

Jared

- No, gracias.

Chen:

- De acuerdo. Esta es mi tercera copa. Amo el te

Diciendo esto, Chen fue a la tetera y llenó su taza con un poco más de té. Jared suspiro. No podía entender por qué el CPOC lo había liberado y le preocupaba que algo estuviera mal. ¿Por qué los matones de Jing querían que se encontrara con Eileen?

- Ah! ¡Me arde la espalda!

Jared se volvió hacia Chen, que yacía en el suelo, gritando de dolor.

- Ponte boca abajo y quédate quieto dijo Jared

Jared se levantó, agarró un par de tijeras y cortó la blusa de Chen. La espalda de Chen estaba llena de sarpullidos que se extendían rápidamente. Jared tuvo una epifanía; Este debe ser el mismo virus que había visto en el video del campo de concentración uigur. 'Entonces, es por eso que me liberaron. Para enmarcarme por el brote 'Jared se dio cuenta.

Jared se dio cuenta de que era necesario advertir a Eileen y los demás sobre el brote antes de que fuera demasiado tarde.

Chen jadeó:

- Ayuda de mí. No me dejes

Jared la miró por un breve momento, se dio la vuelta y salió del departamento. Se sintió terrible por abandonar a la mujer que había reparado sus heridas. Sin embargo, si el Partido Columnista pretendía asesinar al movimiento de derechos civiles con el virus, no había tiempo que perder.

Jared salió del complejo de apartamentos y corrió hacia el escenario. Cuando estaba a medio camino del escenario, un hombre a su lado se desplomó en el suelo. Llegó demasiado tarde, pero tuvo que salvar a Eileen.

Subió al escenario y le gritó a Eileen:

- Chen está muerta. Todos necesitan irse. El partido columnista ha desatado el virus Hei Bai en la multitud.

Eileen

- De que estas hablando?

Jared no tuvo tiempo de responder, ya que uno de los otros líderes de derechos civiles en el escenario colapsó.

Eileen

- Zhang Wei! ¿Qué te está pasando?

Jared

- Eileen! Todos necesitan marcharse ahora. El Partido Columnista nos está atacando con la guerra biológica.

Eileen gritó el mensaje a la multitud, pero no llegaron muy lejos. Cientos de camionetas blancas y soldados con trajes de materiales peligrosos llegaron y sellaron todas las salidas a la plaza.

Algunos de los soldados corrieron al escenario y sometieron a Jared y Eileen, y los arrojaron a una camioneta blanca sin registración.

Capítulo 25: Jing Xi mata a su esposa con el virus Hei Bai. 15 °de mayo de 2021

Jing Xi regresó a su palacio presidencial en Beijing. El mundo estaba en un alboroto después del brote de virus Hei Bai en Nueva York y Xuwan, y el número de muertos mundial se acercaba al medio millón. Jing Xi había declarado un bloqueo nacional y era hora de acabar con los 1,2 millones de disidentes que la IA de Jing había identificado. Todos ellos se 'mueren a causa del virus y el Partido Columnista los sumaría al número de muertos en China causados por este 'trágico' episodio.

A pesar de que todo iba según lo planeado, Jing se sintió preocupado. No podía estar seguro de que el video de prueba de virus fue eliminado de Internet. Jing necesitaba una forma de obtener simpatía, una forma de demostrar que él no era el autor intelectual detrás del brote del virus. Jing se tiró del pelo. Le preocupaba el brote masivo que había tenido lugar en Nueva York. Dado que él no había ordenado la contaminación del suministro de agua de Nueva York, entonces, ¿quién estaba detrás?

Jing se dio un baño y agregó algunas sales minerales para descansar de baño. Un baño agradable, tibio y aceitoso suavizaría sus extremidades y le tranquilizaría. Pensó en convocar a Min Li. Ahora bien, Jing tenía la intención traerla solo para su compañía, ya que estaba demasiado tenso para pensar en sexo. Jing hundió su cuerpo gordo en el agua tibia y por un breve momento, se sintió en paz. La voz chillona de su esposa, Lan Peng, rompió la paz.

- cariño. ¿Todavía vamos al espectáculo de danza Shen Yun?

Jing respiró hondo. ¿Por qué consideraría siquiera visitar el espectáculo de danza Shen Yun? Los enemigos de Jing, el movimiento Falun Gong, patrocinaban a los artistas de Shen Yun. Jing

- ¿Estás jodidamente loca? ¿Por qué debería visitar el espectáculo de baile dirigido por mis enemigos durante un encierro nacional?

Lan Peng:

- ¿Necesitamos un bloqueo cada vez que se exagera un virus de la gripe? Lah? ¡El año pasado fue muy aburrido!

Jing

- 200,000 personas murieron en Xuwan ayer. No es adecuado en este momento. Estúpida perra. Heeeeng!

Lan Peng:

- Lo que sea, lah. Le pediré al canciller Chi Wang que convoque a la compañía Shen Yun para un show privado. Él sabe cómo complacerme.

Al escuchar esto, le recordó a Jing sus sospechas de que Lan Peng lo estaba engañando con Chi Wang. Lo había sospechado durante años, pero nunca se había molestado en investigar. Después de todo, estaba demasiado ocupado teniendo sexo con sus jóvenes y hermosas concubinas para prestarle atención a la vida sexual de su esposa.

Pero, dado que Lan Peng lo estaba engañando, tenía una razón para asesinarla. Si ella muriera por el virus Hei Bai, Jing podría mostrar su tragedia al mundo. Eso desviaría las sospechas en otros lugares. Jing sonrió. ¡Ya era hora de cumplir con la parte 'hasta que la muerte nos separe' de sus votos matrimoniales y enviar Lan Peng fuera a la otra vida!

JING XI SE ACERCÓ A Lan Peng mientras estaba preparando su maquillaje para su espectáculo privado de baile Shen Yun. Le dio una taza de té con selenio y habló:

- Lo siento, amor. Tú tenías razón. Me encantaría ver el show de Shen Yun junto a ti.

Lan Peng:

- Oh enserio? ¿Qué te hizo cambiar de opinión?

Jing

- No soy fanático de dejarte sola con Chi Wang. Él podría hacer el ridículo desmayándose por tu belleza.

Lan Peng se burló:

- Bah. ¿Cuándo fue la última vez que me llamaste hermosa?

Jing

- Solo lo hice. Ahora deja de discutir.

Lan Peng:

- ¿Qué hay de Min Li y tus otras putas?

Jing

- No se puede esperar que el Emperador de China se conforme con una vieja bruja. Ahora bebe tu té y nos dirigiremos al espectáculo. No voy a preguntar de nuevo.

Lan Peng pensó en objetar, pero ella no lo hizo. En cambio, tomó unos sorbos de té y respondió:

- Gracias por darme el té, Maestro celestial.

Jing sonrió cuando Lan bebió el té, la observó por un rato. Finalmente, habló:

- Sé lo que hiciste. Sé que llevas años follando a Chi Wang a mis espaldas.

Lan Peng:

- Entonces, ¿qué significa eso para ti? ¿Desde cuándo te importa mi fidelidad?

Jing

- No se trata de fidelidad. Se trata de poder. No puedo permitir que mi canciller se folle a mi esposa.

- Por fortuna, te darás cuenta de que el virus Hei Bai es muy real, ya que terminará con tu vida proporcionándote terribles dolores.

Lan estaba a punto de abofetear a Jing cuando el virus se apoderó de ella y ella cayó al suelo con un fuerte dolor. Lan gritó:

- ¿Qué me hiciste, monstruo?

Jing

- Te infecté con el virus Hei Bai.

- Usaré tu muerte para mi ventaja. Me vengaré de tu aventura con Chi Wang, y puedo usar tu muerte como una distracción. Difundiré a todos los periódicos historias sobre cómo estoy llorando tu trágica muerte.

Lan Peng no pudo discutir contra Jing Xi. Su dolor insoportable que se apoderó de sus sentidos y todo lo que pudo hacer fue gritar de dolor. Después de unos minutos, el dolor puso a Lan en estado de shock. Ella cayó en la inconsciencia para no despertarse nunca más.

Capítulo 26: Pierre Beaumont es testigo del asesinato de Lan Peng a través de la IA pirateada. 15 °de mayo de 2021.

Pierre Beaumont estaba acostado en la cama con su asesino y amante ocasional, Vladimir Kravchenko. Pierre estudió el cuerpo desnudo de su amante peligroso y musculoso. Un pensamiento escalofriante golpeó a Pierre: Vladimir había matado a cientos de miles en Nueva York y nada le impediría asesinar a Pierre también. Así que pensó en golpear primero. Nunca habría una mejor oportunidad para matar al ruso de sangre fría que ahora, y Pierre tenía un buen motivo. La acción de Vladimir había causado la muerte de dos colegas banqueros de la reserva federal.

Pierre miró la pistola que estaba sobre la mesita de noche junto a Vladimir. Con un poco de suerte, podría alcanzarla y dispararle mientras dormía. Hubo, sin embargo, un problema. Vladimir tenía su monóculo Zetan conectado y su procesamiento intuitivo alertaría a Vladimir si Pierre se convertía en una amenaza. Obviamente si se tratara de violencia, Pierre estaría muerto. Vladimir había llevado a cabo cientos de asesinatos en el último año, mientras que Pierre había estado contando dinero en su torre de marfil.

Pierre se sacudió de sus planes asesinos y verificó sus cuentas comerciales. El ataque a Nueva York había convertido a Pierre en un trillonario. No era su riqueza personal. Lo que él controlaba era la riqueza de las empresas tipo buzones, que era lo mismo. Pierre pensó que quizá eera el hombre más rico del planeta. Era difícil de decir, pues muchos individuos ricos esconden su riqueza mediante fideicomisos, sociedades offshore, y otros instrumentos.

El monóculo Zetan de Pierre emitió una señal sonora ante sus ojos. Pierre se regocijó por lo que vio. Un vídeo que demostraba cómo Jing Xi asesinó a su esposa a sangre fría. Esta fue una excelente noticia. Con aún más pruebas contra China y Jing Xi, Pierre pronto podría aplastar Jing Xi, y salirse con sus crímenes. La desaparición de China, lo convertiría en el hombre más rico y más poderoso del mundo y todo el mundo se inclinaría ante él.

Pierre abofeteó a Vladimir y exclamó:

- Vladimir! ¡Despierta, gran oso! Mira el último video de China. Mi gran plan está llegando a buen término.

Vladimir vio el video y sacudió la cabeza:

- ¿Por qué me importa si Jing Xi mató a su esposa?

Pierre:

- Porque estas son pruebas condenatorias contra Jing. Combina esto con el video de prueba de virus y Jing y el liderazgo del Partido Columnista caerán.

Vladimir:

- Si se caen, derribarán al mundo con ellos. ¿Quieres una guerra nuclear?

Pierre respiró hondo y se alejó unos pasos de la cama. Vladimir estaba en lo correcto. Si expone los crímenes del liderazgo chino, la opción nuclear estaría sobre la mesa, y todas sus victorias obtenidas con tanto esfuerzo serían en vano. Tendría que eliminar el liderazgo chino, y Pierre tuvo una idea.

Pierre se volvió hacia Vladimir y habló:

- Vladimir. Dirígete al aeropuerto de inmediato. Tengo una misión para ti en China. Hay alguien que necesito que conozcas.

Vladimir:

- Entendido. Me iré de una vez.

Después de decir esto, Vladimir se vistió y se dirigió hacia el aeropuerto. Mientras tanto, Pierre permaneció en su mansión y preparó el siguiente paso de su plan.

Capítulo 27: Jing Xi se burla de Eileen cuando recibe un recordatorio urgente. 16 °de mayo de 2021

Eileen Lu fue confinada en una celda de prisión húmeda y oscura, en una instalación del Ministerio de Seguridad del Estado en Beijing. Se dio cuenta de que no saldría viva de esto. Sin embargo, lo que más le preocupaba era la carnicería que había presenciado antes de que la policía secreta la arrestara. Varias personas en su movimiento se habían derrumbado al suelo mostrando síntomas del virus Hei Bai. ¿Jing Xi había desatado un virus mortal en la población china? Esa fue una nueva baja, incluso para él.

Eileen escuchó un alboroto desde el pasillo exterior y la puerta se abrió. Fue un grupo de guardias los que empujaron a un Jared golpeado y herido a la celda. Tzi Cheng:

- Fui a buscar a tu novio por ti, Eileen.

Eileen

- ¿Qué le hiciste?

Tzi Cheng:

- Le dimos una muestra de la hospitalidad del Partido Comunista.

- cálmate, Eileen. El presidente Xi viene y no le gustan las personas sucias.

Después de decir esto, Tzi Cheng y los guardias se fueron y cerraron la puerta detrás de ellos.

Eileen corrió hacia Jared, que estaba delirando y entrando y saliendo de la conciencia. Eileen

- Jared. ¿Qué te han hecho?

Jared arrastraba las palabras:

- Eileen? No lo sé, pero me siento mareado. Al menos moriremos juntos. te quiero.

Después de decir esto, Jared se desmayó y Eileen tuvo que enfrentar sus miedos sola.

JING XI Y TZI CHENG entraron a la celda una hora después. Jing miró a su alrededor en la celda y se burló de Tzi Cheng:

- No puedo follarla aquí. Tráelos a una celda más agradable.

Tzi Cheng gritó:

- guardias. Tráelos a la sala de violación.

Entraron unos robustos guardias y arrastraron a Eileen y Jared a una celda mucho más agradable. Una vez que estuvieron en la lujosa celda de la prisión, Jing volvió a hablar.

- el asombroso espía australiano. Quiero que sea completamente consciente.

Tzi Cheng inyectó a Jared una inyección de adrenalina y Jared se despertó sobresaltado, sin aliento. Jared miró a Jing y habló:

- Dictador Jing Xi? ¿Por qué demonios estás aquí?

Jing asintió a Tzi Cheng, y Tzi Cheng golpeó a Jared en los riñones. Tzi Cheng:

- Es el presidente Jing Xi. Dilo bien, perro australiano.

Jared se dio cuenta de que debatir el título de Jing no valía otro golpe para los riñones, así que respondió:

- Presidente Jing Xi. A qué se debe el honor.

Jing sonrió:

- No tengo interés en ti, perro. La bella y ardiente Eileen Lu es la razón por la que estoy aquí. La domaré como domaré a todos los demás.

Eileen

- No me toques, maldito cabrón.

Jing golpeó a Eileen en la cara y luego se echó a reír:

- ¿Qué gracioso es eso? ¿Esta chica le da órdenes al presidente de China? No lo creo.

Eileen no respondió y Jing volvió a hablar:

- Te iba a presentar buenas noticias. Como su anfitrión, voy proporcionarte comida fresca y bebidas.

- Sin embargo, hay un pequeño problema. Contaminamos la comida y las bebidas con selenio. Por lo tanto, si tú comes o bebes, podrás activar el virus Hei Bai y estará latente en sus cuerpos. Si no lo haces, morirás de sed.

Eileen le gritó a Jing:

- ¿Quieres que suplique piedad? Nunca va a suceder. ¡Mátanos ya, monstruo malvado!

Jing

- No te voy a matar todavía. He estado anhelando durante meses forzar mi virilidad sobre ti. El tiempo finalmente ha llegado. Prepárate, Eileen.

Tzi Cheng y los otros guardias encadenaron a Eileen contra la cama con ella boca abajo. Jing resopló un poco de Viagra y estaba a punto de violar a Eileen cuando apareció un mensaje urgente en su teléfono. La IA había identificado al canciller Chi Wang como enemigo de Jing y del Partido Columnista. Jing le mostró a Tzi Cheng la notificación y Tzi Cheng asintió. Jing se volvió hacia Eileen y habló:

- Tendremos que hacer el amor más tarde. Tengo un negocio urgente que atender.

Dicho esto, Jing y Tzi Cheng salieron de la habitación a toda prisa.

Capítulo 28: Enemigo del Estado. 16 °de mayo de 2021

Jing Xi, Tzi Cheng y un grupo de guardaespaldas se dirigían a la oficina del canciller Chi Wang en el Palacio Presidencial chino. Era imperativo tratar con Chi Wang de inmediato. Si la segunda persona más poderosa del país se había vuelto hostil, toda la nación estaba en riesgo.

Cuando Jing entró en la oficina, el canciller Chi Wang y un grupo de guardaespaldas estaban listos. Apuntaron sus pistolas al grupo de Jing que hizo lo mismo, y todo terminaría en un punto muerto. Chi Wang gritó a Jing Xi.

- Vi el video. Asesinaste a Lan Peng al infectarla con el virus Hei Bai.

Jing

- No mientas. La muerte de mi esposa fue una gran tragedia que me ha sacudido hasta la médula. No desvíes el hecho de que la IA te identificó como un enemigo del estado.

Chi Wang:

- También te ha identificado como un enemigo de la gente, así que eso no significa nada. No dejes que una estúpida IA determine quién tiene razón y quién está equivocado.

Jing

- enserio? Muéstrame dónde dice que soy un enemigo de la gente.

Chi Wang:

- Todo está en el sistema.

Después de decir esto, Chi Wang le entregó a Jing una tableta, e inició sesión en el sistema central de la IA que supervisa China.

Jing fingió mirar la tableta por unos segundos, y luego gritó "¡Ahora!". Al escuchar esto, Tzi Cheng disparó rápidamente a los guardaespaldas de Chi Wang y Chi Wang. Jing recogió el comprimido de nuevo, y anuló el código que lo clasifica como un enemigo del pueblo. Jing se volvió hacia Tzi Cheng y habló:

- Comprueba si todavía está vivo.

Tzi Cheng se arrodilló junto a Chi Wang, comprobó su pulso y asintió:

- Sí, presidente Xi. El traidor Chi Wang todavía está vivo.

Jing disolvió algo de hidruro de selenio en una botella de agua y respondió:

- Dale algo de beber. Es mejor si Chi Wang muere como una desafortunada víctima del virus Hei Bai.

Tzi Cheng hizo lo que Jing le ordenó e infectó a todos los enemigos que aún estaban vivos con el virus Hei Bai. Mientras Jing veía morir a Chi Wang por el virus Hei Bai, llamó al Dr. Song Bao:

- El canciller Chi Wang ha sido víctima del virus Hei Bai. Te ordeno que vengas y verifiques la causa de su muerte. No traigas a nadie más.

Dr. Song Bao:

- ¿Realmente murió por el virus Hei Bai?

Jing

- Murió con el virus Hei Bai en su cuerpo. ¿No fue así como acordamos contar las muertes por Coronavirus que dispersamos el año pasado?

Dr. Song Bao:

- Entendido, presidente Xi.

Jing colgó el teléfono y se volvió hacia Tzi Cheng:

- Investigue por qué Chi Wang me acusó de asesinar a mi esposa. Me temo que alguien está tratando de sembrar la disidencia en el Partido Columnista.

Tzi Cheng:

- ¿Asesinaste a tu esposa, Jing?

Jing le dio a Tzi Cheng una mirada fría y muerta y respondió:

- si. Ella estaba follando con Chi Wang a mis espaldas. Pero quiero saber cómo se enteró.

Tzi Cheng:

- Entendido. Investigaremos su teléfono y computadora.

Jing

- bien. Asegúrate de ser discreto. Esta situación podría llevar a la caída del Partido Columnista. Si cae la fiesta, tú también, ¡Tzi Cheng!

Tzi Cheng asintió y respondió.

- Tendrás nuestra discreción.

Jing

- bien. Me dirijo a casa Soy un hombre mayor y necesito tomar un té con miel para relajarme de todo este estrés.

Después de decir esto, Jing dejó la escena del crimen y se dirigió a casa. De camino a casa, las preocupaciones llenaron la mente de Jing. ¿Cómo sabía Chi Wang acerca de cómo Jing asesinó a su esposa, y por qué la IA etiquetó a Jing como un enemigo de la gente?

Capítulo 29: Necesitamos salvar a Eileen Lu de la detención del Partido Columnista. 16 °de mayo de 2021.

Pierre Beaumont estaba bebiendo una copa de vino tinto Chateau Margaux 2000 y escuchaba a Chopin - Nocturne op.9 No.2 frente a la chimenea de su mansión. Era una tarde cálida y era ridículo hacer funcionar el aire acondicionado y la chimenea al mismo tiempo, pero Pierre disfrutaba del ambiente. Pierre tenía su monóculo Zetan sobre la mesa de café. Si bien disfrutaba de la mayor inteligencia que proporcionaba, necesitaba relajarse de vez en cuando y tener la mente de un ser humano, una especie menor.

El monóculo emitió un pitido para advertir sobre el peligro, y Pierre estaba a punto de insertarlo, pero ya era demasiado tarde. "¡Quieto! ¡Sostente justo ahí!" Una voz estadounidense ordenó.

Pierre se sobresaltó, derramó vino sobre su camisa y se dio la vuelta. El agente de la CIA James Winter estaba apuntando con una pistola silenciada hacia él. Pierre:

- ¿Lesionaste a mis guardias?

James:

- No hubo necesidad. Pirateé el sistema de seguridad de la casa y mi monóculo me permitió infiltrarme en la casa sin ser detectado.

Pierre:

- Eso es un alivio. Es una pena encontrar buenos empleados en estos días.

- ¿Por qué estás aquí, James?

James:

- Quiero que me cuentes sobre tu participación en el ataque con armas biológicas en Nueva York.

Pierre:

- No sé de qué estás hablando.

James:

- Sí lo haces. Sé que usted y el Banco Mundial hicieron una fortuna absoluta al acortar los mercados internacionales antes del ataque.

Pierre suspiró. Se dio cuenta de que no había ocultado sus huellas lo suficientemente bien si James Winter se había enterado. Sin embargo, James había aumentado la inteligencia a través de su Monóculo Zetan, por lo que Pierre esperaba que los otros tontos no se dieran cuenta. Pierre:

- Tienes razón, James.

- Conocía el ataque de antemano y decidí beneficiarme de él. Pero nunca estuve involucrado en el.

James:

- Entonces, ¿quién está detrás del ataque?

Pierre:

- Jing Xi y agentes del Partido Columnista.

James:

- ¿Tienes alguna evidencia?

Pierre:

- sí. Tengo estos videos También tengo informes que muestran que Jing Xi compró cinco toneladas de hidruro de selenio para contaminar el suministro de agua de Nueva York.

James:

- ¿Cómo sabes todo esto?

Pierre:

- Soy dueño de la empresa que se mantiene la vigilancia del gobierno chino 'la AI. Tengo entrada por las puertas traseras en sus sistemas y sé todo lo que están haciendo.

James:

- Wow Esto es increíble.

Pierre:

- sí. Ahora guarda esa arma. Me estás incomodando.

James guardó la pistola y miró los archivos y videos que Pierre le había proporcionado. El monóculo Zetan de James indicó que los documentos y videos eran genuinos.

Después de un rato, James suspiró:

- Wow Esto es algo explosivo. Hubiera esperado que algún grupo terrorista menos poderoso hubiera liberado el virus. Un ataque de guerra biológica desde China. Esto conducirá a la guerra.

Pierre:

- No sabía que la CIA le tenía tanto miedo a la guerra. Has comenzado bastantes en las últimas décadas.

James se burló:

- Bah. Eso es diferente. Bombardear Irak, que no tenía armas de destrucción masiva, es mucho menos arriesgado que atacar a China. ¡China está armado hasta los dientes y HA es un gran arsenal nuclear!

Pierre:

- ¿Qué pasa si puedo ayudarte?

James:

- ¿Qué harías?

Pierre:

- Puedo acceder a la IA china y designar a Jing Xi y otros altos funcionarios del Columnista Partido como enemigos del estado. Entonces podemos ver cómo se matan entre sí.

James:

- Hmm. ¿Hay alguna posibilidad de que puedas liberar a Eileen Lu de su encarcelamiento?

Pierre:

- Eileen Lu? ¿Quién es esa?

James:

- Eileen Lu es la líder más prominente en el movimiento chino de los derechos civiles. Sospecho que la partida columnista la arrestó durante el brote en Xuwan.

Pierre:

- ¿Y por qué quieres liberarla?

James:

- Porque si podemos hacerla la presidenta de China, China se convertirá en una unidad débil. Eileen es mansa y mucha de la vieja guardia la odiaría. Ella dependería por completo de la ayuda extranjera para mantenerse en el poder. ¿No le conviene eso al Banco?

Pierre tomó su monóculo y lo insertó. Levantó el archivo de Eileen y lo analizó. Pierre se dio cuenta de que James tenía razón. Pierre nunca había considerado instalar un presidente débil en China para fortalecer su poder. Su plan original solamente había supuesto llevar a cabo el ataque de arma biológica en Nueva York a chocar el mercado s y expandir su riqueza. Pero James había traído un nuevo escenario interesante a la mesa.

Pierre accedió a la IA china y encontró un video de Eileen en una celda de la prisión junto con el espía australiano, Jared Pond. Pierre no sabía por qué los chinos los habían colocado en la misma celda, pero no era particularmente importante. Pierre habló:

- Estoy en tu plan. Instruiré a mis agentes para que salven a Eileen. Además, marcaré a todos los líderes del Partido Columnista como 'enemigos del estado' en su IA. ¡Entonces podemos ver desde lejos cómo se están matando entre sí con la esperanza de llegar al poder!

James:

- excelente. Estoy seguro de que esto complacerá al presidente Mitchell Cent, quien reemplazó a Deidrick Dump cuando murió.

- ¿Vas a publicar los documentos que prueben la culpa de China?

Pierre:

- si. Los reclamos de compensación los llevarán a la quiebra y el Dragón caerá.

James:

- ¿Y el banquero se levantará?

Pierre:

- Exactamente!

James:

- ¿Estás seguro de que no has tenido nada que ver con el brote de Nueva York?

Pierre:

- No hagas preguntas que no quieras que te contesten. Ahora sal de mi casa. ¡Sal por la puerta principal esta vez!

Pierre presionó un botón de su teléfono y llegaron dos guardaespaldas. Pierre:

- Gerard, Philip. Escolten a James hasta la salida de mi propiedad. Él se está quedando más de lo debido.

Por un segundo, Pierre notó cómo el nivel de amenaza de James aumentó a "moderado", pero rápidamente volvió a "bajo". Sin decir una palabra, James se levantó y siguió a los guardias lejos de la residencia de Pierre.
Pierre llamó a Vladimir:

- Vladimir, tenemos un nuevo objetivo. Debes sacar a Eileen Lu de las instalaciones del Ministerio de Seguridad del Estado en Beijing.

Vladimir:

- ¿Me quieres muerto, Pierre?

Pierre:

- sí. Pero eso no va a suceder, ¿verdad?

Vladimir:

- Correcto Hablaré con nuestro contacto en el interior. La sacaré. ¿Pero por qué quieres salvar a Eileen? Pensé que Jing Xi era el objetivo.

Pierre:

- Jing Xi sigue siendo el objetivo. Pero James Winter quiere salvar a Eileen y convertirla en la presidenta títere de China. Tenemos que mantener contentos a James y a la CIA.

Vladimir:

- Entendido. La sacaré.

Vladimir colgó el teléfono y Pierre se cambió. Estaba molesto porque derramó su exquisito vino después de que James Winter lo había amenazado a punta de pistola, pero tendría que perdonar a James. Pierre estaba seguro de que James tenía pruebas contra él que soltaría si Pierre enviaba a Vladimir a matarlo. Al final, todo estuvo bien. Pierre estaba seguro de que también podría beneficiarse al instalar a Eileen Lu como presidente títere de China.

Pierre regresó a su sillón y disfrutó otra copa de vino. Se encendió el estéreo y reanudó la música clásica.

Capítulo 30: Morir con los pantalones abajo.
17 º de mayo de 2021

Jing Xi se reunió con Tzi Cheng en las instalaciones del Ministerio de Seguridad del Estado en Beijing. Para su sorpresa, su secretaria Biyu Sang también estaba allí. Jing se volvió hacia ella y le habló:

- Biyu ¿Qué estás haciendo aquí?

Biyu

- El palacio presidencial está cerrado debido a las muertes del virus Hei Bai ayer. Por lo tanto, he venido aquí a trabajar para usted.

Jing suspiró. Debería haber anticipado que el palacio estaría cerrado después de que el canciller de China muriera "por el virus Hei Bai". Pero ¿qué podía hacer? Parecería muy sospechoso si insistiera en abrir el palacio en esta etapa. Jing

- Muy bien Busquemos una habitación para que pueda llevar a cabo sus tareas. No nos molestes. Tenemos un prisionero muy importante para interrogar.

Biyu

- ¿Quién es el prisionero?

Tzi Cheng:

- ¡Eso no es asunto tuyo, estúpida secretaria!

Jing

- Tzi Cheng. No puedes decirle a Biyu. Ella es mi secretaria ¡Soy yo quien la reprende!

Tzi Cheng:

- Entendido, Maestro celestial.

Jing se volvió hacia Biyu:

- Estamos interrogando al enemigo número 1 de China, Eileen Lu. Sospechamos que ella y su novio australiano estaban detrás del brote del virus Hei Bai en Xuwan.

Biyu

- Pero usted es el líder de China, presidente Xi. Puedes dejar el interrogatorio de Eileen a otra persona.

Jing arremetió y abofeteó a Biyu. Jing

- No me cuestiones, Biyu. Ahora ve a prepararnos un té o te encerraré yo mismo en una de esas celdas.

Biyu se apresuró hacia la despensa sin decir una palabra. Jing se volvió hacia Tzi Cheng:

- Vamos. Es hora de que obligue a Eileen Lu a someterse.

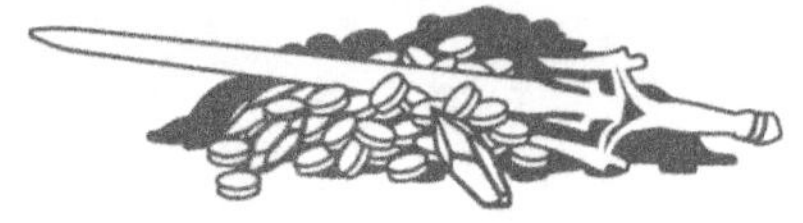

EILEEN LU ESTABA SENTADA en una lujosa celda junto con Jared Pond. La habitación era cómoda, pero como era la sala de violación del dictador genocida Jing Xi, ni Eileen ni Jared podían apreciarlo.

Eileen se estaba volviendo loca por la sed y se dirigió a la estación de bebidas, que se veía muy atractivo para ella. Eileen estaba a punto de abrir una botella de agua cuando Jared la apartó.

Jared

- No tomes nada, Eileen. Recuerda lo que dijo Jing. Jing ha contaminado el agua y obtendremos el virus Hei Bai si la bebemos.

Eileen

- Está jugando con tu mente, Jared. Además, ¿qué quieres hacer? ¿Quedarte aquí y morir por deshidratación? ¿Sentarse hasta que Jing regrese y me viole? Si muero por el virus Hei Bai, no puede violarme al menos.

Jared

- Por lo que sabemos, Jing podría estar muerto. ¿Viste la prisa que dejó? Apuesto a que se están gestando problemas dentro del Partido Columnista.

Eileen

- Entonces, ¿qué sugieres que hagamos?

Jared

- Nos quedamos quietos y esperamos que alguien venga. Si podemos vencer a los guardias, tenemos una oportunidad de escapar.

Eileen

- Eso suena como un suicidio.

Jared

  - Sí, pero menos suicida que infectarnos con el virus.

Eileen

  - Muy bien Me mantendré alejada del agua por ahora. ¡Pero no dejaré que me obligues a morir de sed!

Jared asintió con la cabeza. Por lo que había visto, morir por el virus Hei Bai fue bastante rápido, mientras que morir por sed tomó más tiempo y causó más sufrimiento.

Jared no tuvo tiempo de reflexionar más sobre el asunto cuando un grupo de guardias entró en la celda, los sometió a él y a Eileen, y los encadenó a sus camas.

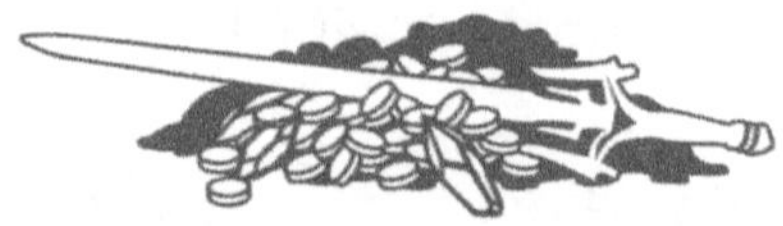

JING XI ENTRÓ EN LA celda con una sonrisa maliciosa en su rostro. "¡Fuera de aquí, perros!" Jing ordenó y todos menos Tzi Cheng salieron de la habitación. Jing se volvió hacia Eileen y habló:

  - Debes tener sed, Eileen.
  - Qué suerte que te traje algunas botellas de agua fresca y no contaminada.

Después de decir esto, Jing sacó una botella plástica de agua de su chaqueta y se la entregó a Eileen.

Eileen tomó la botella y habló:

  - ¿Por qué confiaría en que esta agua no está contaminada, monstruo?

Jing recogió la botella, la abrió y bebió unos sorbos:

  - ¿Tomaría el agua si la hubiera envenenado?

Eileen

- Entonces, ¿qué quieres?

Jing

- Quiero que usted y Jared admitan que causaron el brote del virus Hei Bai que mató a más de 200,000 personas en Xuwan.

- Además, te quiero, Eileen Lu. Quiero tu cuerpo delicioso y tu coño húmedo y cálido. Si te sometes a mí, incluso podría dejarte vivir y tomar el lugar de mi difunta esposa.

Eileen

- ¡Nunca te dejaría tenerme, asqueroso asesino!

Jing suspiró:

- Creo que ni siquiera el emperador de China puede tener todo lo que quiere.

Jing recogió la botella de agua no contaminada, vertió el agua sobre la entrepierna de Eileen y volvió a hablar:

- Bueno, esto es desafortunado, pero tendré que violarte y matarte.

Jared

- ¡Aléjate de Eileen, cerdo asqueroso!

Tzi Cheng corrió hacia el Jared encadenado, le dio una patada en la cara y le rompió la nariz. Tzi Cheng:

- ¡Cállate, diablo blanco!

Jared no respondió porque la patada de Tzi Cheng lo había noqueado.

Jing sacó una línea de polvo blanco, que era Viagra mezclado con cuerno de rinoceronte molido. Después de resoplar el polvo, se golpeó el pecho mientras cantaba en chino para estimular su erección.

Jing estaba a punto de entrar en Eileen cuando escuchó el sonido amortiguado de una pistola silenciada y sintió un dolor agudo. Se dio la vuelta y, para su sorpresa, vio a su tímida secretaria, Biyu Sang. "¡Jódete, Jing!" fue lo último que escuchó Jing antes de que todo se volviera negro.

Capítulo 31: El escape de China. 17°de mayo de 2021.

Vladimir Kravchenko estaba mirando hacia la prisión donde el Partido columnista mantuvo a Eileen encarcelada. Escuchó una multitud de sirenas y disparos lejanos, y el ejército parecía estar en plena vigencia. Esto no fue ideal. Vladimir llamó a Pierre para discutir la situación:

Vladimir:

- La situación no es buena, Pierre. Beijing ha descendido a la guerra civil y al caos.

Pierre:

- ¿Y cómo no es eso bueno? El caos te hará mucho más fácil extraer a Eileen Lu de la prisión y escapar de la ciudad. No podrías hacer eso si todos te estuvieran buscando. Ahora están ocupados matándose unos a otros.

Vladimir:

- ¿Qué hiciste?

Pierre:

- ¡Les dije la verdad!

Vladimir:

- la verdad?

Pierre:

- Enumeré a todos en el Partido Comunista como enemigos del pueblo chino, y publiqué el video de cómo Jing Xi asesinó a Chi Wang.

- Ahora todos intentan matarse entre ellos para llegar a la cima. Es hermoso, ¿no es así?

- Pero basta de hablar. Dile a Biyu que se apure

Vladimir:

- Entendido.

Vladimir colgó el teléfono y le envió un mensaje a Biyu: "Muévete ahora. Estoy cubriendo la entrada trasera. Darse prisa."

BIYU DESENCADENÓ A Eileen y Jared en la celda. Jared estaba mareado por la fuerte patada de Tzi Cheng y estaba sangrando profusamente. Biyu se volvió hacia Eileen:

- Tenemos que irnos. Darse prisa.

Eileen se apresuró hacia Jared para ayudarlo a ponerse de pie. La conmoción cerebral de Jared le dificultaba levantarse.

Biyu

- Déjalo atrás. Tenemos que irnos.

Eileen

- No lo voy a dejar. No soy así.

Biyu sacudió la cabeza, pero no había nada que pudiera hacer. No podía amenazar a la mujer por la que estaba allí para salvar.

Finalmente, Jared se levantó y salieron de la habitación. Afuera había unos pocos guardias muertos, todos disparados en la cabeza con precisión milimétrica.

Biyu

- Recoge sus armas pero no las uses a menos que sea necesario. Es mejor si seguimos siendo sigilosos.

La alarma en el edificio sonó y Biyu gritó:

- No importa eso. Recoge las armas y no dudes en usarlas. Darse prisa.

Dicho esto, Biyu contactó a Vladimir a través de su radio:

- Vladimir! ¡Crea una diversión!

Vladimir:

- Entendido.

VLADIMIR ACTIVÓ EL "modo de combate: víctimas máximas" en su monóculo Zetan donde Surgieron las siguientes estadísticas. 'Bajas estimadas: 150. Posibilidad de supervivencia: 98%. La probabilidad de supervivencia de Eileen es del 52%'.

'¡Puedo vivir con ello!' Vladimir pensó, entonces disparó f una granada que dio en el medio del patio. La granada no golpeó a nadie, pero esa nunca fue la intención. En cambio, Vladimir tenía la intención de volar las tuberías de gas que corrían debajo del lugar. Los guardias dispararon contra él, y Vladimir se puso a cubierto, volvió a cargar el lanzagranadas y disparó otra granada. La segunda granada explotó las tuberías de gas y causó una explosión masiva que incendió toda el área.

Vladimir contactó a Biyu:

- Date prisa, corre por el patio.

Biyu

- Todo el patio está en llamas.

Vladimir:

- Sobrevivirás corriendo a través del fuego durante unos segundos. No sobrevivirás luchando contra los guardias que se te acercan desde el interior del edificio.

Biyu

- Entendido.

* POOF * * CLICK *

Biyu tiró su pistola mientras se quedaba sin municiones. Podía escuchar las balas disparadas por sus oponentes golpeando la pared detrás de ella.

- Dame tu rifle y date prisa por esa puerta. Te cubro

Eileen le dio a Biyu su rifle y ella corrió hacia la puerta y la abrió. Se retorció cuando vio el infierno afuera.

Eileen

- No podemos salir por ahí.

Biyu

- Tendremos que hacerlo. No podemos detenerlos por mucho más tiempo.

Eileen sintió una brisa brusca cuando una ronda de calibre 50 pasó cerca de su oído y golpeó a un soldado columnista en el extremo más alejado del corredor.

Vladimir comunicó por radio a Biyu:

- La mataré yo misma si no se apura. ¡Vamos!

Biyu se levantó y Vladimir le disparó en el hombro sin cortar ninguna arteria. La bala continuó y golpeó a un soldado en la cabeza.

Biyu

- ¿Qué demonios, Vladimir?

Vladimir:

- Te salvé la vida. Todos los soldados están muertos. Ahora prisa y cruzar la plaza afectadas por los incendios y reúnanse conmigo en la construcción.

Biyu se recuperó y llegó a Eileen.

Biyu

- Necesitamos llegar al otro lado de la plaza.

Eileen gimió:

- ¿A través de ese fuego? Tu amigo casi me disparó.

Biyu

- Me disparó, pero sabe lo que está haciendo. Date prisa o moriremos.

Eileen asintió y ayudó al conmocionado Jared y al lisiado Biyu a través del fuego hacia el edificio al otro lado de la plaza.

Cuando atravesaron el fuego y cruzaron la plaza, Biyu escuchó otro disparo y vio un helicóptero del ejército chino chocar contra un edificio.

Vladimir la llamó por radio:

- Date prisa. Nuestras probabilidades de supervivencia se reducen a cada segundo.

El trío logró cruzar la plaza, y Vladimir estaba esperando por ellos, pidiéndoles que se dieran prisa y entraran a una camioneta.

EL GRUPO ESTABA EN el avión privado de Vladimir en dirección al espacio aéreo mongol cuando dos aviones de combate chinos los interceptaron. La radio sonó y uno de los pilotos de combate comunicó:

- Regrese a Beijing inmediatamente o derribaremos este avión.

Jared suspiró:

- mierda Estábamos tan cerca de escapar de China. Solo unos minutos hasta la frontera con Mongolia. qué hacemos?

Vladimir:

- Derribemos los aviones de combate.

Jared

- cómo?

Vladimir señaló su rifle de francotirador de calibre 50.
Jared

- ¿Estás loco? ¿Cómo derribarías dos aviones de combate con un rifle?

Vladimir:

- sí. Estoy loco. Pero vivo por estos momentos. Si tengo éxito, será increíble. Si fallo, caeré en una ardiente explosión de gloria. ¡Pase lo que pase, estoy feliz!

Jared

- De acuerdo. Hagámoslo. ¿Que necesitas?

Vladimir:

- Abróchate el cinturón y prepárate para levantarme.

Después de decir esto, Vladimir se ató a un arnés de rappel y recogió el rifle de francotirador. Abrió la puerta del avión y saltó, colgando unos metros debajo del avión. Disparos casi imposibles. Vladimir confió en lo que monóculo representaba. "¡Me gustan esas probabilidades!" Vladimir se dijo a sí mismo y apuntó al primer piloto. Apretó el gatillo y fijándose en la forma en que la bala rompió el parabrisas del avión, no pudo determinar si le había dado en el piloto.

Vladimir no tenía el tiempo para reflexionar sobre esto, ya que el segundo avión contra incendios disparó un misil hacia su avión. Vladimir actuó instintivamente. Disparó apuntando la punta del misil y causó que detonase debajo del avión de combate. Este estalló hasta el avión hostil.

"¡Levántame!" Vladimir le gritó a Jared y unos segundos después estaba de vuelta en el avión. Cerraron la puerta y estuvieron jadeando por aire en el piso por un rato. Finalmente, Vladimir habló:

- Así es como lo haces, Jared. Jaja

Unos minutos después, Vladimir estaba en el suelo diciendo lleno de orgullo y estallidos de emoción: ¡lo he hecho!

Capítulo 32: Reunión entre Pierre Beaumont, James Winter y Eileen Lu. 18 °de mayo de 2021.

Jared Pond se despertó al día siguiente en un centro médico privado suizo con vista al lago de Ginebra. Todavía le dolía la cabeza por la conmoción cerebral y tenía quemaduras en el cuerpo por correr por el infierno al escapar de la prisión china. Los eventos de ayer se sintieron tan surrealistas. En particular, el episodio donde Vladimir derribó a dos aviones de combate con un rifle de francotirador.

Jared se pellizcó en el brazo y se dio cuenta de que estaba vivo. Oyó que alguien estaba en la ducha y admiró a Eileen desnuda, si cuerpo esbelto cubierto de baño de espuma.

Eileen lo vio y bromeó:

- No te quedes mirando, Jared. Ven y juega conmigo.

Jared sacudió la cabeza y sonrió:

- Me revolcaré contigo en un par de días. Tengo algunas quemaduras bastante graves en mi cuerpo.

Eileen

- Oh enserio? ¿No eras el cachondo después de escapar de esos asesinos en Shanghái?

Jared

- Eso fue diferente. Esa vez estaba ileso pero lleno de adrenalina. No hay nada más excitante. Ahora tengo jetlag, tengo una nariz rota y varias quemaduras en mi cuerpo. Lo creas o no, ¡no soy una máquina!

Eileen

- ¡Entonces mejor pido uno de China!

Jared

- No, no hagas eso.

Eileen sonrió:

- No te preocupes, Jared. Soy una gran admiradora de la belleza australiana.

- Quédate aquí y descansa. Necesito asistir a una reunión con Pierre Beaumont del Banco Mundial.

Jared

- El Banco Mundial? ¿Qué es lo que quiere?

Eileen

- No lo sé. Creo que fue él quien envió a Biyu y Vladimir para salvarnos.

Jared

- De acuerdo. Eso tiene sentido.

Eileen

- Todavía no puedo creer que llegamos al salir del cautiverio de Jing vivos. Esto se siente como un sueño.

Jared

- Entonces vive el sueño. Jing Xi está muerto y el Partido Columnista se derrumba. Este podría ser un nuevo comienzo para China y el mundo.

Eileen se acercó a Jared, lo besó y respondió:

- Tienes razón, Jared. Mejor me visto y me preparo para la reunión. Cuídate.

Dicho esto, Eileen se puso algo de la ropa del hospital y salió de la habitación.

UN RATO DESPUÉS, LA limusina de Eileen la dejó en la mansión de Pierre Beaumont. El nuevo mayordomo de Pierre, Jean, se acercó a Eileen y le hizo una reverencia. Vaquero:

- Bienvenida, Madeimoselle Eileen. Me llamo Jean Valmont. Monsieur Pierre me pidió que lo vistiera para la reunión. Por favor, ven conmigo.

Eileen

- Gracias, Jean.

Jean le mostró a Eileen una habitación llena de ropa de mujer cara. Eileen miró a su alrededor y habló con asombro:

- Wow ¿Así que Pierre siempre tienen tan muchas opciones para los visitantes femeninos?

Vaquero:

- Monsieur Beaumont cree que una mujer debe verse lo mejor posible en un entorno social. ¿Puedo sugerir los zapatos de tacón marrón, los pantalones negros y la blusa amarilla? Te recomendaría que acompañes la ropa con este collar de diamantes.

Eileen

- Eso sería genial. Pero no estoy acostumbrada a usar tacones altos ya que soy bastante alta.

Vaquero:

- Sí, pero claro. Que Tonto de mi parte. ¿Qué tal estas bailarinas azules?

Eileen

- Eso será genial. Gracias.

Eileen se cambió y se estudió en el espejo. Le encantaba el atuendo y el collar de diamantes, pero al mismo tiempo parecía cansada y agotada, después de haber escapado del cautiverio.

Eileen

- ¿Necesito maquillaje también?

Vaquero:

- No. Monsieur Beaumont está al tanto de sus circunstancias actuales. Además, el uso excesivo de maquillaje arruina la piel.

- Por favor ven conmigo.

Eileen siguió a Jean y llegó al gran salón del Palacio Beaumont.

EILEEN ENTRÓ EN EL gran salón del Palacio Beaumont. Era una construcción nueva, pero la arquitectura tomó prestados muchos elementos del renacimiento. Grandes ventanas panorámicas daban al lago de abajo. Dos hombres se acercaron a Eileen, y ella notó que usaban el mismo tipo de monóculo que llevaba Vladimir. Eileen estudió a los hombres. Uno de ellos era guapo. Él era un hombre alto y musculoso por el ejercicio con un peinado de corte militar. El otro hombre era calvo y feo con rasgos que solo una madre podía amar. El hombre feo le habló a Eileen:

- Bienvenida al Palacio Beaumont. Soy Pierre Beaumont, el CEO del Banco Mundial, y este es James Winter de la CIA.

Eileen

- Mucho gusto, Pierre. Soy Eileen Lu, del movimiento chino de derechos civiles.

James:

- Sí, sabemos quién eres.

Eileen

- Entonces, ¿fue la CIA la que me liberó de China? ¿Pensé que Vladimir era ruso?

James:

- La CIA tiene una red de espías muy extendida y personas de todas las nacionalidades trabajan para nosotros. Vladimir Kravchenko, sin embargo, trabaja para su anfitrión, Pierre Beaumont.

Pierre:

- sí. Vladimir es el mejor del mundo en lo que hace. Algo que estoy seguro de que ya has notado. Solo contrato a los mejores. Por eso espero asociarme con usted.

Eileen asintió con la cabeza y pensó:

- Entonces, ¿qué quieres que haga exactamente?

Pierre:

- Tranquila, Eileen. Por favor, tomar un vaso de vino tinto y ven conmigo en un viaje por mi palacio.

Eileen se opuso:

- Son las 10 de la mañana. ¿No es un poco temprano para el vino?

Pierre:

- Hubieras muerto ayer si no hubiera intervenido. Acepta mi hospitalidad y la excelente cosecha.

Eileen aceptó el vino tinto y se ajustó a la petición de Pierre. Pierre la guio por el castillo y habló sobre las diferentes obras de arte que había adquirido en subastas recientemente. La visita guiada hizo hincapié en Eileen. Sabía que Pierre la había salvado por alguna razón y quería saber por qué. Finalmente, Eileen habló:

- Pierre, me encantan tus obras de arte y tu pasión por la historia. Pero me salvaste por una razón y necesito saber por qué.

Pierre se encogió por un momento. Odiaba cómo Eileen lo había interrumpido cuando hablaba de las artes. No podía creer que James quisiera hacer de una perra tan arrogante el nuevo líder de China. Por otra parte, James Winter era estadounidense, el lugar de nacimiento de McDonald ' s, no el lugar de nacimiento de la música clásica.
Pierre señaló a James y habló:

- Bah. Te salvé para ayudar a James y mis amigos estadounidenses. James, por favor, informa a Eileen sobre lo que esperas de ella.

James, que había permanecido en silencio durante la visita guiada de Pierre, habló:

- El Partido Columnista se está derrumbando y su reinado de terror ha terminado. Publicaremos evidencia de que Jing Xi estuvo detrás de los brotes en Nueva York y Xuwan.

- Pero necesitamos encontrar una manera de estabilizar a China. Creo que podrías ser así.

Eileen

- ¿Qué quieres que haga?

James:

- Habrá una intervención global para detener la guerra civil en ciernes en China. Después de que hayamos detenido la lucha, China necesitará un presidente interino. Quiero que seas ese presidente.

Eileen

- Pero no puedes hacerme el presidente de China?

James:

- No, pero el presidente Mitchell Cent puede. China mató a un gran número de líderes mundiales en la cumbre de las Naciones Unidas en Nueva York. El mundo y la población china se unirán contra los restos de la Partido Comunista. Puedes liderar el proceso de transición. Usted va a necesitar admitir la culpabilidad de China, compensaciones salariales, y desmantelar el Ejército de Liberación Popular.

Eileen

- Entonces, ¿me convertiré en el presidente títere de la CIA?

James:

- Sí, pero obtendrás lo que quieres y evitarás una catástrofe global.

Eileen suspiró. Ella había querido liberar a China del Partido Columnista, pero nunca tuvo la intención de que las potencias occidentales humillaran a su país. Esto será una repetición de las guerras del opio en el siglo 19. Pero Eileen entendió por qué el mundo era vengativo después de lo que había sucedido. Apaciguar al mundo era la única forma de salvar al pueblo chino de la destrucción completa.

Eileen

- Acepto tu propuesta y estoy dispuesto a comprometer mi lealtad al presidente Mitchell Cent.

James:

- excelente. Haré los arreglos.

- Regrese al centro médico y pase un tiempo con su novio. Tenemos algunos días ocupados por delante de nosotros.

Después de oír esto, Pierre hizo soñar campana y un sirviente apareció. Pierre:

- Jean Lleve a Madeimoselle Lu de vuelta a la instalación médica de Villeneuve.

Eileen asintió y dejó el Palacio Beaumont.

Capítulo 33: Arrodillarse ante la teocracia. 22 °de mayo de 2021

Eileen tuvo un orgasmo y se bajó de su incansable amante, Jared Pond. Jared se rio de ella:

- ¿Ya estás cansada, Eileen? Eso fue solo 20 minutos.

Eileen

- Tenemos que prepararnos nosotros mismos para reunirnos con el presidente Mitchell Cent.

Jared se puso más serio y respondió:

- Si, lo sé.
- ¿Cómo te sientes acerca de todo esto?

Eileen

- Me siento terrible por todas las muertes en mi país. Si me hubiera inclinado ante la tiranía de Jing, muchos de los que murieron habrían estado vivos hoy. Pero, por otro lado, ¿cuál es el precio de la libertad?

Jared

- Es una pregunta difícil.

- Pero no te sientas culpable. Fue Jing quien eligió asesinar a personas con un nuevo virus en lugar de debatir sobre política. No puedes permitirte ceder a un tirano de ese estilo.

Eileen

- sí. Pero incluso si me convierto en el presidente de China, seguiré recibiendo órdenes de los Estados Unidos y el Banco Mundial. ¿Seré entonces una presidente que representará a la gente?

Jared

- Tú puedes ser la encargada que va a abrir el camino para el que se libere China. Tu objetivo era liberarla de todo este caos. Todavía puede suceder a tiempo. Pero no serás la libertadora.

Eileen

- Supongo que tienes razón. Por ahora, debo trabajar para lograr la estabilidad y salvar a mis conciudadanos chinos.

Jared

- ¿Y sabes qué es lo mejor?

Eileen

- no, dime

Jared

- Que estaré allí para ti en cada paso de tu viaje.

Eileen

- Gracias, Jared.
- Vamos a la Casa Blanca. Nos reuniremos con Mitchell Cent en breve.

Jared

- ¡No puedo esperar pasar el rato con ese chiflado religioso! Pero vamos

Después de esto, Jared y Eileen se dieron una ducha rápida, se vistieron y fueron en una limusina a la Casa Blanca.

EILEEN LU SE SINTIÓ un poco incómoda cuando llegó a la Casa Blanca. Se dio cuenta de que Mitchell Cent había erigido un gran crucifijo en la Oficina Oval. Además, había colocado un cáliz de bautismo con agua en un pedestal al lado del crucifijo.

Mitchell se acercó a Eileen y habló:

- Bienvenida a América. La nación de Dios

Eileen

- Gracias por recibirme, presidente Cent.

Mitchell:

- Señorita Lu. ¿Profesas y crees en nuestro Señor Jesucristo?

Eileen

- No sigo ninguna religión, presidente Cent.

Mitchell:

- Debes hacerlo. ¡Como hombre de Dios, solo podría ayudarte si lo haces!

Eileen miró a Jared y él asintió. Eileen suspiró:

- Muy bien Si debo abrazar el cristianismo para salvar a China, que así sea. Yo profeso y sigo a Jesucristo.

Mitchell:

- excelente. Te bautizaré de inmediato.

Mitchell Cent salpicó un poco de agua sobre Eileen y comenzó a cantar versos de la Biblia. Después de media hora, estrechó la mano de Eileen, la bendijo y salió de la oficina.

Después de que Mitchell hubiese salido de la habitación, James Winter se acercó a Eileen y le susurró:

- No te preocupes, Eileen. La presidencia de Mitchell es solo para apaciguar a las estúpidas masas. Otras personas dirigen el país en segundo plano.

Las palabras de James no animaron a Eileen. Agotó su motivación al darse cuenta de que el presidente de los EE. UU. Era una obra maestra, mientras que otras personas gobernaban el país en el fondo. Esto aplastó sus ilusiones. Su exitosa lucha contra Jing Xi había sido en vano.

Eileen ocultó su decepción y respondió:

- Por supuesto, James. Me complace analizar qué medidas podemos tomar para garantizar el futuro de China.

James:

- excelente. Ven conmigo. Hay mejores lugares para discutir nuestros planes. La Casa Blanca tiene muchas miradas indiscretas.

Eileen y Jared se levantaron para seguir a James Winter quien se dio la vuelta y habló a Jared:

- No es nada personal, Jared, pero mis asociados quieren hablar con Eileen en privado. No todos quieren hablar con un espía australiano.

Eileen se volvió hacia Jared:

- Está bien, Jared. Te veré en el hotel más tarde.

Después de decir esto, besó a Jared y salió de la habitación junto con James.

Capítulo 34: Eileen Lu se convierte en la presidente títere de China. 15 °06 2021

Era un día de verano vaporoso, un par de semanas más tarde, cuando Eileen y Jared estaban en Beijing. Eileen estaba a punto de convertirse en la presidenta de China, representando a su partido, el Movimiento de Derechos Civiles de China. Habían aterrizado unos días antes, acompañados por una gran fuerza de la OTAN apoyada por todos los países, incluidos Rusia e Irán. El ataque a la cumbre de la ONU había matado a líderes de todos los países, incluso antiguos aliados de China. Esto, combinado con las luchas internas entre los líderes del Partido Columnista, significaba que China no tenía poder para luchar. Por lo tanto, no hubo resistencia a la invasión destinada a castigar a los líderes chinos por sus crímenes contra la humanidad.

Jared entró en la habitación de Eileen y notó que estaba llorando:

- ¿Qué pasa, cariño?

Eileen

- ¿Qué no está mal? He aterrizado en mi país de origen escoltada por un gran ejército extranjero. He vendido a China a los invasores extranjeros. Así no imaginé la nueva China sin el Partido Columnista.

Jared

- ¿Y si tu sueño no fuera realista? El Partido Columnista nunca se rendiría sin luchar. Además, con la mayor parte del partido cesó debido a luchas internas, no podían montar una defensa contra una intervención extranjera.

Eileen

- Lo sé.

Jared

- Y al menos salvaste a la mayoría de tus seguidores de Jing Xi y su régimen. Si no hubieras actuado, todos estarían muertos ahora. No había nada más que pudieras haber hecho.

Eileen

- Lo sé. La vida sigue. Pero no quiero ser el presidente de facto quien lleve a cabo las órdenes de extranjeros banqueros.

Jared

- Entiendo Pero alguien necesita gobernar China hasta que pueda haber elecciones generales. ¿Prefieres que un general estadounidense dirija el país?

Eileen

- Supongo que tienes razón.
- ¿Qué opinas de estas túnicas?

Eileen se acercó a un maniquí que presentaba túnicas de seda amarillas y rojas con patrones intrincados.
Jared

- Son muy elegantes, pero no se parecen mucho a los estadistas.

Eileen

- Creo que te equivocas.

- Este manto es una réplica de un vestido usado por Wu Zetian de la dinastía Tang. Ella era la única emperatriz reinante en la historia china. Ella pasó de la nada a gobernar China durante su apogeo en el siglo VII.

- Quiero seguir su ejemplo y restaurar la gloria de China.

Jared

¿Pero no era Wu Zetian un tirano sanguinario?

Eileen

- Es difícil saberlo. Ningún gobernante creyó en los derechos humanos durante el siglo VII. Como la única mujer gobernante en la historia de China, habría asustado a muchos hombres. Pero el hecho de que ella se levantó de la nada, y se convirtió en la única mujer gobernante en la historia de China, siempre me ha inspirado.

Jared

- Muy bien, emperatriz Eileen. Será mejor que te cambies entonces.

Eileen

- Sí, y quiero que te pongas la túnica roja. La túnica roja es para la consorte de la regla.

Jared

- Consorte? ¿Es eso lo que soy?

Eileen bromeó:

- ¿Es decir, si quieres casarte conmigo?

Jared

- Estás manejando un trato difícil.

- Bien, emperatriz, restauremos a China a la gloria.

Después de decir esto, se cambiaron a su ropa de la dinastía Tang. Vestidos con las exquisitas prendas, se dirigieron al podio donde Eileen pronunciaría su discurso de inauguración.

Capítulo 35: Fallando al tratar de domesticar al dragón. 15 °de septiembre de 2021.

Pierre Beaumont miraba las noticias en su mansión suiza y suspiró. Eileen Lu resultó ser imposible de controlar. Esto fue un poco decepcionante para Pierre, pero no para el fin del mundo. Su plan original había sido liberar el virus, hacer una fortuna acortando los mercados y luego culpar a China por lo sucedido. Esto había sido un éxito, y Pierre era ahora el hombre más rico del planeta. El fracaso para controlar a China a través de Eileen Lu fue solo un pequeño revés.

El criado de Pierre, Jean, entró en el salón de Pierre:

- Monsieur Beaumont. James Winter de la CIA está aquí para verte.

Pierre suspiró. Maldito James viene sin avisar nuevamente. ¡Al menos esta vez no se escabulló con una pistola!

Pierre:

- Está bien, ¡por favor dile que me vea aquí!

Jean salió de la habitación. Pierre se puso el monóculo. Era hora de pagarle a James por amenazarlo cuatro meses antes. Pierre agarró una pistola y se escondió detrás de la puerta cuando James entró en la habitación. Pierre salió y apuntó la pistola a James. Pierre:

- Parece que esta vez soy yo quien sostiene el arma.

James le devolvió la sonrisa:

- Hmm. Una Beretta 92D pesa 900 gramos cuando está vacía. Tu pistola pesa 900 gramos. ¿Por qué me estás apuntando con una pistola vacía?

Pierre dejó la pistola sobre una mesa y suspiró:

- ¿Por qué estás aquí, James?

James:

- Eileen Lu está demostrando no querer cooperar. Ella instó a los Estados Unidos a retirar nuestras fuerzas a fin de mes.

Pierre:

- Entonces, Eileen Lu está demostrando ser más capaz de lo que le dimos crédito. Eso no es nada de qué preocuparse. Ganas un poco y pierdes un poco.

James:

- No seas tan casual sobre esto. ¡No podemos dejar que China desaparezca de nuestra esfera de influencia!

Pierre:

- Ruego diferir. Para el banco, no hay razón para calmar tu ego al nombrar presidentes títeres. Lo único que importa es el dinero y la influencia que podemos aportar de un país.

James:

- Bueno, quiero que envíes a Vladimir para matarla.

Pierre:

- No lo haré. ¿Por qué no vas tú mismo?

Pierre sonrió de lado. Sabía que si bien James podía ir a China y llevar a cabo el asesinato, no compartía el loco desprecio de Vladimir por su propia vida.

James:

- No puedo. Si un agente americano es atrapado en esa misión, generaría guerra nuclear de riesgo.

Pierre:

- Sí, y no nos gustaría eso.

- Bien, adiós James. Espero que nuestros caminos no se crucen por un tiempo.

James sacudió la cabeza y cerró la puerta cuando se fue.

Después de que James se fue, Vladimir entró en la habitación desde el otro lado del edificio:

- No parecía feliz. ¿Qué quería?

Pierre:

- Quería que te enviara a matar a Eileen Lu.

Vladimir:

- qué? ¡Después de todos los problemas que tuve cuando tuve que sacarla de China hace cuatro meses! ¿Qué le pasa a ese idiota?

Pierre:

- Es la manera estadounidense de actuar sin sentido. Hacen esto todo el tiempo. Primero, financian a ISIS y luego pasan cuatro años bombardeándolos. Hace tres meses, instalaron a Eileen Lu como su presidente títere, y ahora quieren a alguien nuevo. ¡Patético!

Vladimir:

- Entonces, ¿cuál es tu nuevo plan malvado?

Pierre:

- Invocar a Theodore Ahmadi. Usaremos los medios para aterrorizar a las personas sobre el virus Hei Bai. ¡Usaremos este miedo para vender la cura dañina a un precio muy elevado! Muahaha

Vladimir:

- Si Pierre. Lo convocaré de inmediato.

Vladimir se fue y Pierre se sentó en un sillón de cuero y sonrió para sí mismo. ¡Pierre siempre encontraba nuevas formas ingeniosas de acumular dinero, y llenar el vacío dentro de él!

Capítulo 36: Forzando la cura. 18 °de septiembre de 2021

Pierre Beaumont estaba sentado en su oficina estudiando la molécula modelo que había construido para curar el virus Hei Bai. Con la ayuda de la inteligencia mejorada de su monóculo Zetan, Pierre había hecho un gran descubrimiento. Pierre descubrió que una dosis alta de una molécula patentada de tetrahidrato de molibdato de amonio podría extraer el virus latente Hei Bai de las células sanas y matarlo. El problema era que la cura era mucho más peligrosa que la enfermedad. El virus Hei Bai permanecía latente en el cuerpo a menos que alguien tuviera una ingesta muy alta de selenio. El tetrahidrato de molibdato de amonio, por otro lado, podría causar insuficiencia hepática e infertilidad en dosis altas. Para matar el virus Hei Bai, uno tenía que tomar una gran dosis de la droga.

Pierre tenía un triunfo a mano. El corrupto director de GHA Theodore Ahmadi estaba buscando una nueva mano para alimentarlo, ahora que los sobornos se habían secado después de la muerte de Jing Xi.

Theodore entró en la oficina de Pierre, y Pierre lo recibió cordialmente:

- Bienvenido, Theodore. Es muy bueno verte. Espero que mis muestras de agradecimiento por su arduo trabajo lleguen a su familia.

Theodore:

- Gracias, Pierre. Sí, mi familia amaba tus regalos.

Pierre:

- Me alegra escuchar eso. Me complace mantener a su familia si puedes ayudarme a difundir la conciencia de la salud pública. Se me ocurrió un gran avance.

Theodore:

- Promover la salud pública es la base de toda mi organización. Por favor comparte tus hallazgos conmigo, Pierre.

Pierre:

- Las estimaciones basadas en pruebas serológicas infieren que miles de millones de personas están infectadas por el virus latente Hei Bai.

Theodore:

- Sí, vi esos estudios. El mismo estudio también mostró que uno tiene que comer mucho selenio para activar el virus. Eso nunca va a suceder a menos que haya un nuevo ataque de arma biológica.

Pierre:

- Pero, ¿y si te mostrara que el virus latente Hei Bai puede estallar sin una ingesta excesiva de selenio?

Theodore:

- No puedo. No hemos tenido ningún caso en el que no haya una ingesta alta de selenio.

Pierre:

- Correcto Pero, ¿qué pasa si les pago a algunos científicos para que publiquen un estudio falso que afirme eso? Mientras tanto, voy a llenar todos los medios con imágenes aterradoras de los brotes en New York y Xuwan.

- Además, quiero que usted y la GHA publiquen declaraciones aterradoras sobre los nuevos hallazgos.

Theodore:

- ¿Por qué te beneficiarías de esto?

Pierre:

- Porque he lanzado un nuevo medicamento para curar el virus Hei Bai. Una molécula patentada de tetrahidrato de molibdato de amonio. El medicamento contendrá el equivalente a 1 mg de molibdeno.

Dicho esto, Pierre le entregó a Theodore un documento. Theodore leyó el documento por un momento y respondió:

- Eso es cinco veces el límite superior para la ingesta diaria de molibdeno. Tales niveles altos podrían causar daño hepático e infertilidad.

Pierre:

- Pero cura el virus Hei Bai.

Theodore:

- sí. Pero teniendo en cuenta lo fácil que es no desencadenar una infección latente por el virus Hei Bai, esta cura es mucho peor que la enfermedad.

Pierre:

- Exactamente y ese es el propósito de cualquier droga.

- Si una droga tiene efectos secundarios peligrosos, que otra droga puede reducir, se ha creado una espiral interminable de consumo de drogas. ¡Eso es genial para los negocios!

Theodore:

- Eso es muy cínico.

Pierre:

- Es curioso que el hombre que encubrió el primer caso del virus Hei Bai esté criticando la moral. Sé lo que hiciste, Theodore.

Theodore:

- Hay una bonita mansión en tu vecindario que está a la venta ...

Pierre:

- Puedo organizar eso.

- Pero debes estar hambriento. ¡Vayamos a un buen restaurante y celebremos los esfuerzos de Global Health!

Dicho esto, Pierre condujo a Theodore fuera de su oficina. ¡Pierre se sintió entusiasmado con el nuevo plan malvado que lo haría aún más rico y su sonrisa maliciosa no podía dejar su horripilante rostro.

Capítulo 37: Epílogo.

Pierre y Theodore llevaron a cabo su plan y promovieron la peligrosa droga de Pierre. La droga hizo curar el virus Hei Bai en estado latente pero también causó que medio millón de personas murieran en todo el mundo a raíz de daños en el hígado y causó que otros 50 millones de personas se volvieran estériles. Debido al control de Pierre y Theodore sobre los gobiernos del mundo, la información sobre los efectos secundarios nunca se hizo pública.

Durante las siguientes dos décadas, Pierre siguió ideando planes malvados en su deseo interminable de aumentar su riqueza. La justicia llegó a Pierre en 2040 cuando Sabina Hines lo mató cuando planeaba comenzar una guerra civil en México.

Del mismo modo, Vladimir Kravchenko y James Winter fueron víctimas de la búsqueda de Sabina Hines' para detener la conspiración monócula en el año 2040.

Biyu Sang emigró a Suiza y pasó su vida trabajando en un puesto bien remunerado con el Banco Mundial. La bala que le atravesó el hombro durante el escape de China le impidió usar ese brazo. Sin embargo, en general, ella llevó una vida tranquila y crió una familia feliz.

Eileen Lu fue muy vengativa contra sus antiguos enemigos en el Partido Columnista. Durante los juicios por el brote de Xuwan, decidió ejecutar a todos los miembros del parlamento nacional anterior. El juicio condujo a la ejecución de más de 2000 líderes del Partido Columnista, muchos de ellos inocentes de los planes genocidas de Jing Xi. La ejecución de los 2000 líderes chinos más prominentes colapsó la economía china. Esto se debió a que muchos de ellos tenían una gran cantidad de dinero oculto en cuentas en el extranjero. Eileen y el gobierno chino nunca podrían encontrar y acceder a estos fondos.

Como las acciones de Eileen causaron un colapso económico en China, su popularidad se derrumbó y una protesta pacífica la derrocó unos años más tarde. Eileen se exilió en el extranjero y se casó con un empresario chino que murió cuando tenía 50 años. Unos años más tarde, reavivó su llama con Jared y se quedaron juntos hasta el final.

Jared Pond se separó de Eileen Lu en 2022 cuando se dio cuenta de que el poder se le había subido a la cabeza y que ella se había convertido en el mal que se había propuesto detener. Después de dejar a Eileen, Jared persiguió a Greg Steel y lo llevó ante la justicia por su participación en todos los incidentes relacionados con Jing Xi. Después de llevar a Greg ante la justicia, Jared pasó muchos años jugando, apostando y bebiendo. Finalmente, a la edad de 60 años, Jared se volvió a conectar con Eileen, que había sido expulsada del poder, muchos años antes. Una vez que Eileen no estaba en una posición de poder, se convirtió en la misma mujer de la que Jared se enamoró. Permanecieron juntos hasta que la muerte los separó, 20 años después.

El fin